K.B022810

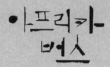

# 아프리카 버스

이시백 산문집

도서출판 b

# 광대울에서 보낸 한철

사람의 눈은 구조공학적으로 앞만 보게 되어 있다. 좀 더 구체적으로 말하자면, 건너편을 바라보게 되어 있다. 이러한 피안의 시선은 운명적으로 꿈이라는 치명적 소양을 지니게 만들어졌다. 꿈이란 얼마나 아름다운가. 그러나 아름다움의 본질은 별빛처럼 접촉 불가하며, 비실용적이며, 실현 불가능한 캐릭터를 지녔으니, 오호, 통재라! 꿈꾸는 자여, 인생은 빡세고 고달플지니 …….

누구의 화법을 빌려 말하자면, '내가 해봐서 아는데' 현생에 지구별로 불시착한 모든 인생들은 '행복만 꽃길처럼 좌악 깔리리라'는 야무진 꿈을 버려야 한다.

새벽부터 지하철을 타기 위해 지하철보다 더 빨리 달려야 하는 도시의 봉급쟁이는 당연히 원두막에 누워 쓰르라미 소리를 들으며 참외를 어적어적 썹는 꿈을 꾸리라. 반면에 온종일 땡볕 속에 엎드려 지겨운 풀을 세 벌씩이나 매는 시골의 농사꾼은 연속극에서 본 타워팰리스급 아파트에 누워 한밤중에 피자를 배달시켜 먹는 꿈을 꾸리라.

그런 꿈은 비난받을 이유가 전혀 없는 인간의 자연스러운 생리 현상이다. 다만 모든 꿈쟁이(전문 용어로 '몽상가'라 한다)들의 현실은 앞서 말한 대로, '내가 해봐서 아는데' 엄청 고달프고 허망하며 실연의 아픔처럼 쓰라리다는 점을 일러주고 싶다.

이 책은 앞서 펴냈던 대책 없이 낭만적인 『시골은 즐겁다』라는 산문집에 대한 반성이며, 그 책을 읽고 무작정 시골로 이사 온 분들에 대한 '애프터서비스'인 격이다. '시골은 괴롭다'는 아니더라도 그 안의 달고, 쓰고, 신맛들을 골고루 버무려 글의 밥상에 차려낸다. 또한 주인을 잘못 만나 엉겁결에 광대울까지 끌려 들어와 희로애락을 함께 나눈 개와 닭과 거위들을 비롯한 숲의 이웃들에게 바치는 헌사이기도 하다. '내가 해보지는 않았지만' 그들의 삶도 행복하였으며, 약간은 고달팠으리라 믿는다.

요즘 홍대 거리에서 안 보이는 젊은이들은 제주도에 가 있다는 말이 있다. 내가 지어낸 말이니 스마트폰으로 출처를 검색하지 말라.

결론적으로 말하자면, 한군데로 몰리는 삶을 살지 말자. 제주도건 강원도 내린천이건 각자의 타고난 역사적 사명에 따라 다양하게 살았으면 좋겠다. 사람이건 파리건 한군데로 몰리면 문제가 발생한다. 뭉치면 죽고 흩어져야 사는 유목적 삶을 꿈꾸며, 이제 저 푸른 초원 위에 그림 같은 집을 지을 여러 몽상가 제현께 광대울에 들어앉아 보낸 스물두 해의 이야기를 바친다. 승리하시라!

| 작가의 말 | 광대울에서 보낸 한철 ····· 5

제1부 산에는 꽃이 피네

광대울 ·························· 13

물가를 떠나서 ················ 20

안개에 홀리다 ················ 23

살구나무집 아주머니 ········· 26

호두나무 ····················· 30

감을 매달다 ·················· 34

숲속의 오두막 ················ 39

주경야졸 ····················· 45

호미 엘보 ···················· 50

바람으로 지은 오두막 ········ 54

산에는 꽃이 피네 ············· 61

몰입 ························· 67

"늘 푸르러서 싫어!" ·········· 74

옹이 ························· 79

쥐에 관한 하나의 화두 ········ 83

시무나무에 새긴 세월 ········· 89

세 알의 콩 ···································· 94

아프리카 버스 ································ 98

은행나무 도끼 ······························ 103

벚나무 장작 ································· 108

연탄에게 묻는다 ··························· 111


제2부 산골 외딴집의 이웃들

숲의 이웃들 ································· 119

꽁지 빠진 닭 ································ 121

하늘로 날아간 거위 ······················ 128

조선 닭 ····································· 135

오리의 사랑 ································· 141

금발의 제니 ································· 146

하늘소와 김치냉장고 ···················· 156

두꺼비 구두 ································· 161

검둥개야 너도 가자 ······················ 166

세수하러 오는 토끼 ······················ 172

천사 개 덕수 ································ 177

앵무새와 국수 ···································· 184

빵셔틀 고양이 ···································· 190

하얀 장화를 신은 비글 ························ 196

개마고원을 달리는 개 ························ 206

백두의 사랑 ······································ 209

주인을 놓아두고 달아나는 백두 ············ 214

침묵은 금이다 ···································· 223

봄날에 꽃을 보다 ······························ 229

**제 1 부**

산에는 꽃이 피네

# 광대울

**광**대가 울고 가다.

　　지명이라는 것은 대체로 주변의 산수나, 지리적 특징과 연관 짓게 마련이다. 울음과 관련된 것이라는 점에서 유별나다. 막상 그 사연의 마을은 후미지고 음전하다. 은벽한 곳에 붙게 마련인 '둔(屯)' 자가 붙은 지둔리에서도 철마산 자락에 깊숙이 들어앉은 삼각골은 40여 호의 산간마을이다.

　산마다 물을 흘려보내는 골짜기들이 숨어 있어 '물골'이라 불리는 수동면에서도 광대울은 가장 후미진 골짜기다. 산에 둘러싸여 볕이 짧아 겨울에 내린 눈이 가장 늦게 녹는다. 눈이 녹는가 싶으면 짙은 안개가 눌러앉아 질척거리는 골짝에 갈대만 부스럭거리며 살기 맞춤하다. 골 사이로 실금처럼 가느다란 고갯길이 놓여 있는데, 예전에 마석장으로 질러가는 길이었다 한다. 그리 높지 않은 고개는 부잣집 잔치에 불려 온 광대가 줄에서 떨어져 삯도 받지 못한 채 울며 넘었다 하여 광대울 고개로 불렸다. 가을 벌레가 은박지 같은 날개를 비벼 우는 날, 집안에 들어앉아 고갯길을 바라다보면, 허생원이 나귀 목에 걸린 쇠방울을 뎅그렁거리며 지날 것 같았다. 그리하여 나귀를 한 마리 기르려는 생각을 했다. 어디에 타고 다니고, 어떻게 기를 것이냐며 허황된 생각을 그만두라는 아내의 타박만 아니었으면, 그 길을 나귀가 번질나게 오르내렸을 것이다.

허황된 것이 나귀뿐이랴. 남들이 서울의 새로 짓는 아파트로 떼지어 몰려갈 때 홀로 산중의 후미진 골짜기를 찾아든 것도 그 못지않다.

처음부터 이런 골짜기로 들어오려 한 것은 아니었다. 십 년 주기로 무언가에 골몰하던 습벽으로 한동안 물가를 찾아다닌 적이 있었다. 회초리 같은 낚싯대를 늘어뜨리고 온종일 지렁이를 주무르며 ― 밤낚시를 하다가 지렁이가 파고든 김밥을 씹어보지 않은 사람은 낚시를 말하지 말라 ― 물속의 붕어를 낚느라 십 년을 보냈다. 그 시절을 돌아보면 온통 비린내뿐이다. 그때의 소원은 남북통일이 아니라,

방안에 누워 창으로 낚싯대를 늘이는 집을 마련하는 것이었다. 몽상가들이 가련한 것은 그런 허황된 생각 때문이 아니라, 그런 생각을 서슴지 않고 행하는 실천력 때문이다.

그런 집을 찾아 물가를 뒤진 것이 십여 년에 이르렀다. 남한강, 북한강 주변은 발끝이 닿지 않은 곳이 없으며, 동강의 언저리며, 산이 깊어 아침 볕에만 밭을 간다는 아침가리의 내린천이며, 하다못해 구정물이 한 줌 고인 중랑천의 둠벙까지 가지 않은 곳이 없었다.

그때 한민족이 배달도 아니고, 백의도 아니고 물가에 붙어사는 수상 부족임을 비로소 알게 되었다. 경관은 둘째 치고, 병아리 오줌처럼 질금거리는 개울이라도 흐른다 싶으면 물가의 땅들은 죄다 집이 들어섰거나, 들어서려는 중이었다. 살던 연립주택을 팔고 주머니를 탈탈 털어도 그런 땅을 사기에는 늘 모자랐다. 일 년을 모아서 달려가면 물가의 땅은 값이 더 올라 있었다. 그렇게 몇 해를 모으고, 모자라는 일을 반복하다 지쳤다. 나만 지친 게 아니라 부동산 중개업자들도 지쳤다. 나중에는 문을 열고 들어가도 쳐다보지도 아니하였다.

그런 중에 어느 낚시 잡지에 실린 요트 광고를 보았다. 멋진 요트에는 침실도 있고, 부엌도 있었다. 방안에 누워 낚싯대를 드리울 수 있을 뿐만 아니라, 물 위에서 먹고 자며 살 수 있었다. 연립주택을 팔아 당장 그 배를 사야겠다는 생각이 들었다. 가지고 있어 봐야 반상회나 나오라고 불러대고, 하수도세며 변소 치우는 오물세나 내라는 집을 버리고, 배를 타고 이리저리 흘러 다니며 사는 것은 생각만 해도 황홀했다. 멀리 있는 친구에게 주소 대신에 남한강 이포나루라고 적어 띄우는 엽서는 얼마나 아름다운가. 끼니때가 되면 방안에서 낚시를 드리워 잡은 물고기로 찬거리를 하는 생활은 얼마나 실용적인가.

유감스럽게도 잡지에 실린 요트의 광고에는 가격이 적혀 있지 않았다. 바로 전화를 걸었다. 가격을 묻자 상대는 정중하게 내 직업을 물었다. 배를 사는 데 직업을 묻는 연유를 물었다. 상대는 공손한 어조로, 그 배는 주문을 하면 일본에서 제작하여 만들어 온다고 했다. 그가 머뭇거리며 일러준 배의 가격은 연립주택 십여 채를 팔고도 모자라는 금액이었다.

요트를 포기한다고 꿈을 버린 것은 아니었다. 북한강 주변을 얼쩡거리다가 그곳에 매인 고깃배를 발견했다. 요트처럼 호화롭지는 않지만, 움막이 얹혀 있어 조금 허리를 굽히고 지내면 그 안에서 살 만해 보였다. 이리저리 수소문하여 배의 주인을 찾았다. 북한강에서 삼 대째 고기를 잡고 산다는 어부는 내게 '허가쯩'이 있느냐고 물었다. '쯩'이라면 내겐 자동차 2종 면허증과 컴퓨터 2급 자격증이 있었다. 어부는 고깃배를 운행하려면 내수면 어로 허가증이라는 것이 있어야 한다고 했다.

몽상가의 또 다른 미덕은 결코 포기하지 않는 '끈기'였다. 내수면 어로 허가증이 없어 잠깐 상심하던 나는 청계천 노점에서 고무보트를 샀다. 노란 고무보트는 바람을 넣어 부풀리면 배가 되었다. 무엇보다 고물에 큼지막이 쓰인 'Caribbean'이라는 글자가 가슴을 설레게 했다. 험한 파도를 오르내리며 외쳐대는 해적들의 함성이 귀에 들려오는 듯했다.

캐러비언호를 매입한 주말에 가족을 거느리고 북한강으로 달려갔다. 땡볕 아래서 머리가 어질거리도록 근 한 시간을 입으로 바람을 불어댄 끝에 고무보트는 부풀어 배가 되었다. 걱정스러운 눈으로 지켜보던 아내는 역사적인 첫 취항에 함께 하기를 사양했다. 그리고 어미의 손을 붙잡고 있던 아들도 고개를 저으며 배에 오르기를 거부했다. 그런다고 캐러비언호의 첫 취항이 멈춰질 수는 없었다. 오랫동안 꿈꿔오던 나의 선상 생활이 시작되는 순간이었다. 어디선가 시커먼 연기를 내뿜으며 뱃고동 소리가 들려오는 듯했다. 물놀이용품 가게 주인이 4인용이라고 한 보트는 발을 딛는 순간 바닥이 출렁거려 드러누워야 했다. 고물에

'캐러비언'이라고 적힌 보트는 물침대에 가까웠다.

이리저리 용을 써봐도 도무지 몸을 일으켜 세울 수가 없었다. 그냥 편하게 눕기로 했다. 배에 누워 바라보는 구름만큼 평화로운 것이 있을까. 잔잔히 흐르는 물살에 몸을 맡긴 채 얼마를 흘러가자, 갑자기 배의 속도가 빨라졌다. 가까스로 몸을 일으켜 주변을 살펴보니, 어느결에 노란 보트는 북한강의 본류에 접어들고 있었다. 노를 찾아 물살을 거슬러 오르려 젓기 시작했다. 본류의 시퍼런 강물은 끄떡도 하지 않았다. 힘을 주어 젓자, 플라스틱 노가 맥없이 부러졌다. 강심이 가까워지며 물살은 더욱 거세졌다. 이대로 흘러간다면 얼마지 않아 팔당댐에 이르리라는 생각이 들었다. 댐의 거대한 수문에 빨려 들어갔다가는 흔적도 없이 사라질 판이었다. 필사적으로 동강이 난 노를 젓고, 손으로 물을 휘저어 강가로 떠내려갔다. 천신만고 끝에 강가의 버드나무 덤불을 붙들고 상륙할 수 있었다. 막상 뭍으로 올라와서야 출발한 곳에서 꽤 멀리 떠내려왔다는 걸 알게 되었다.

노란 보트를 등에 지고 뜨거운 볕에 그을리며 돌아가는 길은 참담했다. 햇볕은 유난히 뜨거웠고, 오가는 차를 피해 갓길을 걸으며 그동안 꿈에 대해 지껄인 자들에게 저주의 말을 퍼부었다. 예를 들자면 '불가능한 꿈을 꾸라'던 체게바라나, '소년이여, 꿈을 가져라'던 윌리엄 클라크 같은 자들 말이다. 뭐, 보이스 비 엠비셔스! 갓뎀이라고나 해라.

지나가는 버스에 탄 사람들이, 반라의 남자가 땀을 뻘뻘 흘리며 병아리 색깔의 보트를 어깨에 짊어지고 걸어가는 걸 목을 빼고 내다보았다. 그러거나 말거나 땅만 보며 걸었다. 즐겨 부르던 노랫말이 생각났다.

배가 있었네
작은 배가 있었네
아주 작은 배가 있었네
떠날 수 없네
멀리 떠날 수 없네
아주 멀리 떠날 수 없네[1]

· ·
1. 조동진의 노래 <작은 배>.

## 물가를 떠나서

**버**스를 타고 지나가다 보았다.

읍내를 벗어나 너구내고개를 넘자 비포장길이 시작되었다. 고개를 사이로 두고 전혀 다른 세계가 나뉘었다. 낡은 양철 지붕을 얹은 철물점이며, 꽃무늬 몸뻬바지를 입은 할머니들이 긴 의자에 가지런히 앉아 있는 미장원, 미나리꽝이 한구석에 포릇포릇 돋은 논이 이어졌다. 그리고 아이들이 물장구를 튕기며 멱을 감는 개울이 나타났다.

물이 강에만 있는 게 아니라는 것을 그때 알았다. 몇 해 동안 강가만 헤매고 다니던 눈이 환하게 뜨이는 순간이었다.

물골이라는 마을 이름도 마음에 들었다. 이튿날부터 물골의 부동산 중개업소를 찾아다녔다.

"산을 등지고, 앞에는 개울이 흐르고, 볕 바른 정남향에 전망 좋은 언덕땅이 있나요?"

내 주문을 가만히 듣던 부동산 아저씨가 이렇게 물었다.

"묏자리 찾으슈?"

그런 말에 굴하지 않고 이런 주문을 덧붙였다.

"앞으로도 영영 개발이 되지 않을 곳이면 좋겠습니다."

부동산 아저씨의 눈이 반짝였다. 해진 수첩 속에 처박혀 있던 땅들의 목록을 훑으며 오지 탐사가 시작되었다. 덤불을 헤치고, 개울에 발을 적시며 돌아다녔지만 마땅한 땅을 찾지 못했다. 너무 넓거나, 지나치게 깊었다. 고즈넉한 곳을 좋아한다고 해도 전기가 안 들어오고, 차도 오르지 못하는 산속에서 살 수는 없었다. 부동산 업자는 내가 무슨 도를 닦는 사람쯤으로 여겼던 듯했다. 불기마을 — 아, 그런 곳에도 마을 이름이 있다니 — 의 땅을 보러 갔을 때의 일이다. 화전을 일구며 살던 밭은 이미 밭이 아니었다. 칡과 청미래 덩굴에 덮인 산이었다. 길은 지워진 지 오래고, 부동산 중개사도 정확한 위치를 몰라 덤불을 한참 헤치고 다닌 끝에 비스듬히 쓰러져 무덤처럼 주저앉은 집의 유해를 찾아냈다. 사람으로 치자면 뼈만 하얗게 남은 형상이었다.

이곳에서 살아갈 모습을 그려 보았다. 빼곡하게 들어찬

덩굴을 헤치며 걸어 다닐 생각은 아예 포기해야 했다. 나무마다 치렁치렁 늘어진 다래 덩굴을 붙들고 허공을 날아다니는 수밖에 없었다. 타잔이라면 모를까, 그렇게 살아갈 자신은 없었다. 탐탁히 여기지 않는 기색에 실망한 부동산 중개사가 볼멘소리로 물었다.

"영영 개발이 되지 않을 곳을 찾는다면서요? 조용한 것으로 따지자면 이만한 데가 없어요."

하기야 어느 인간이 이 덤불과 덩굴을 헤치고 이곳을 지나다니랴. 곁으로 흘러가는 개울물도 심심하여 입을 열어 랩이라도 늘어놓을 판이다.

# 안개에 홀리다

낙심이 컸는지 한동안 연락이 없던 부동산 중개사에게서 다시 연락이 왔다. 동업자가 사 두었던 땅인데 큰마음 먹고 팔기로 했다며 선심 쓰듯 보여주었다. 이리저리 구부러진 길을 따라 들어가자 산자락에 닿은 땅이 나타났다. 산비탈을 깎아 만든 밭이라는데, 오랫동안 묵혀 두어 아름드리 이깔나무가 둘러싸고, 갈대가 무성했다.

아내의 말로는, 부동산 중개사의 수첩에 '묘지'라고 용도가 적혀 있다고 했다. 첫인상은 탐탁지 않았다. 좌우로 물소리가 들리는 골짜기가 있고, 정남향은 아니지만 봉긋하게 솟은 언덕바지라 볕이 온종일 들어설 만했다. 무언가 어중간한 느낌이 들었다. 중도 아니고 속한도 아닌 애매함이라고나 할까. 부동산 소개인은 그런 반응에 어이가 없어 했다. 마을에서 적당히 떨어져 한적하고, 그렇다고 너무 멀어 외롭지도 않다는 것이다. 그런데 그 적당함이 문제였다. 무언가 마음을 당기는 강렬함이 없었다.

며칠이 지나 다시 연락이 왔다. 중개사는 다른 길로 가보자고 했다. 길이 다르다고 땅이 바뀔 리가 없지만 마지못해 따라나섰다. 산을 넘어 모롱이를 돌아서자 전에 보았던 땅이 보였다. 고갯마루에서 내려다보는 밭은 전혀 다른 느낌이었다. 잣나무 숲과 자욱한 안개에 덮인 갈대밭을 바라보는 아내의 입에서 탄성이 흘러나왔다. 질척거리며 녹기 시작한 진흙 길에 차가 이리저리 미끄러지는 중에도 아내는 그 땅에 마음을 빼앗겼다.

결국 안개에 홀려 그 비탈밭을 사게 되었다.

문제는 밭의 면적이 너무 넓었다. 405평의 밭을 사게 되면 집을 지을 돈이 모자랐다. 일단 밭을 사고, 돈을 모아 집을 짓기로 했다. 그동안 건넛마을의 농가를 전세로 얻어 살기로 했다. 묘지건, 갈대밭이건 일단 내 땅이 생긴다는 사실은 감동적이었다. 밭 주인이 세상을 뜨면서 자식들에게 상속된 땅인데, 등기부 뒤에는 여덟 명이나 되는 자식들의 동의서가 덕지덕지 붙었다. 시세보다 비싸다는 주변의 말도 있었지만 전국에 흩어져 사는 여덟 명의 자식들을 찾아도장을 받은 부동산 업자의 노력에 비하면 헐하게 느껴졌다.

땅을 갖는다는 것은 도시의 아파트를 사는 것과는 차원이 달랐다. 두 발로 딛고 서면 무언가 든든한 기분이 들었다. 붉은 흙을 한 줌 쥐어보면 따스한 온기가 느껴졌다. 하루에도 몇 차례나 그 땅에 들어설 집이며, 텃밭이며, 이깔나무 등걸에 지을 오두막을 머릿속에 그리고 지웠다. 성서의 젖과 꿀이 흐르는 땅이라는 표현이 결코 화려한 수사나 비유가 아니라는 사실을 실감하게 되었다. 내 땅의 흙은 입에 넣으면 구수한 맛이 날 것 같았다.

누가 떼메 갈 것도 아닌데 며칠 가보지 않으면 땅의 안부가 궁금했다. 밤에도 찾아가 손전등을 비춰 보며 아내와 나는 산비둘기처럼 가슴을 콩닥거렸다. 다행히 땅은 누가 업어가지 않았다.

# 살구나무집 아주머니

**불**당골의 농가로 이사를 했다. 이삿짐을 푸는데 이웃
집 아주머니가 찾아왔다.

'이런 집에 뭐 하러 이사 왔냐'고 했다. 조용하고 경치가
좋아서 왔다고 우물거리자, '사람 죽어 나간 집이 뭐가
좋으냐'고 눈을 치떴다.

"저 건넌방에선 바깥노인이 죽었고, 안방에선 작년에
이 집 주인이 죽었고 ……."

손가락으로 방을 짚어가며 자상하게 설명을 곁들이는
아주머니는 '친절한 금자씨'만큼 섬뜩했다.

아주머니의 친절함은 시도 때도 없었다. 어느 날 새벽이
었다. 곤하게 잠든 남의 집 방문을 낫으로 두들기며 '부역

나오라'고 소리를 쳤다. 난데없는 소리에 놀라 방문을 열자, 아주머니는 부역을 나오라는 소리를 확성기처럼 반복하여 외쳐댔다. 부역이라는 단어의 어의를 새기느라 더듬어댔다. 전쟁이라도 터졌다는 말인가. 아니면 일제가 다시 돌아오기라도 했단 말인가. 부역이 뭐냐고 묻자 아주머니는 기가 막혀 말이 안 나온다는 표정을 지었다.

"부역이 부역이지 뭐여? 어서 낫 들구 나와여."

낫 들고 나가서 동네 길가의 풀을 베는 게 부역이란다. 부역에 안 나가면 벌금 오만 원을 내야 한다며 잠도 덜 깬 나를 마을회관 앞으로 몰고 갔다.

친절한 아주머니는 남의 집 밭에 풀이 난 것을 못 견뎌했다. 흙이라고는 미술 시간에 찰흙 놀이한 것밖에 없는 아내가 난생처음 짓는 밭농사가 오죽하랴. 온종일 밭에 엎드려 풀과 싸우다가 밤 가시에 찔려 읍내 병원을 드나드느라 팽개쳐 두었다. 아주머니는 그런 밭을 지나칠 때마다 한마디씩 궁시렁거렸다.

마당 모퉁이에 바람에 묻어왔는지 심지도 않은 억새가 소복이 자랐다. 둥근 달이 그 위에 얹히면 마루에 앉아 내다보기도 그윽하고, 비가 오는 날이면 빗방울에 후득후득 흔들리는 모습이 싱그러웠다. 그러나 이 소담한 억새 한 줌도 친절한 아주머니의 낫에 말끔히 베어지고 말았다.

'게을러 빠져서 마당의 풀도 안 뽑는다'는 호통과 함께.

그 후로 문밖을 나서려면 아주머니와 마주치지 않으려 바깥 동정을 살피고, 멀리서 목소리가 들리면 방문을 걸어 잠그고 숨소리도 내지 않았다.

밤새 내리던 비가 맑게 갠 아침이었다. 행여 낫을 든 아주머니가 문 앞에 서 있지나 않을까 싶어 슬며시 문틈으로 밖을 내다보니 툇마루에 낯선 소쿠리가 놓여 있다. 폭탄이 라도 설치해 놓은 건 아닐까. 조심스럽게 나가 보니, 잘 익은 살구가 소쿠리에 소담스레 담겨 있었다.

이웃집 마당에는 오래 묵은 살구나무가 있었다. 밤새 바람이 불어댄 날이면 살구들이 마당에 우르르 떨어져 있었다. 행여 집어먹었다가 날벼락을 맞을까 싶어 돌멩이 보듯 지내 온 터였다. 그 살구가 왜 내 집 문 앞에 놓여 있단 말인가. 이웃 아주머니가 먹으라고 가져온 것이라는 아내의 말에도 선뜻 그 탐스러운 살구를 입에 넣을 수가 없었다. 그날, 길에서 아주머니와 마주쳤다. 살구 이야기가 나오기를 기다렸는데, 막상 아주머니 입에서 나오는 것은 여전한 호통이었다.

"콩밭에 김 안 매여?"

집을 짓고 이사를 오면서 아주머니를 다시 보지 못하게

되었다. 마당에 심은 살구나무에서 뽀얀 살구 하나가 툭 떨어진다. 약을 뿌리지 않아 여기저기 벌레가 먹고 거뭇한 상처투성이다. 손으로 문질러 입에 넣자 달착지근한 맛이 입안에 스민다. 해마다 떨어진 살구를 주워 입에 넣을 때마다 아주머니 생각이 난다. 고함을 지르면서도 살구가 담긴 소쿠리를 툇마루에 슬며시 가져다 두던 이웃이었다.

# 호두나무

**밭** 언저리에 볼품없는 나무가 있었다. 거무스레 오갈이 든 잎사귀에 건들바람만 불어도 뚝뚝 부러지는 가지를 보며 참 못난 나무도 있다고 생각했다. 그런데 가을이 되자 그것도 나무랍시고 열매를 매달았다. 푸르스름한 껍질은 미처 익기도 전에 썩었는지 시커멓게 멍이 든 채 입을 벌리고 있다. 개복숭아도 아니고, 모과치고는 너무 작았다. 건성으로 흘려보며 발로 툭 차고 지나쳤다. 그런데 그 못난 나무 아래 호두 몇 알이 떨어져 있었다. 누군가 흘리고 갔나보다고 생각했다. 그 후로도 그곳에 가면 호두 알이 몇 개씩 떨어져 있곤 했다. 다람쥐나 청설모가 어디서 물어왔다고 여겼다. 그런데 주변을 둘러보니 여기저기 푸르스름한 열매들이 떨어져 있었다. 손도 대기 꺼려져 발로 문대자 알밤 같은 게 튀어나왔다. 호두였다. 장화에 묻은 진흙을 등걸에 대고 문지르던 그 못난 나무가 호두나무란 것을 알게 되었다.

황순원의 소설「소나기」에 보면, 소년이 작대기로 호두나무 터는 장면이 나온다. 그 대목을 읽으며 상상했던, 호두알이 주렁주렁 매달린 나무와는 영 딴판이었다.

이듬해 호두나무는 당황했을 것이다. 갑자기 각별한 대우를 받았기 때문이다. 땅이 풀리자마자 발밑에 구수한 거름이 듬뿍 부어졌다. 더부룩이 자란 풀들도 깎아주고, 날이 가물면 양동이로 물을 퍼다 뿌려주기도 했다. 호두나무는 전과 달리 잎이 무성해지고, 가지도 튼실하게 뻗어나갔다.

밭을 일구다가 쉴 때면 호두나무를 찾았다. 나무 곁에 문패도 세웠다. 호두나무집.

지금은 집마다 번지수로 통하지만, 예전에는 그 집의 나무를 두고 감나무집, 느티나무집, 은행나무집이라 불렀다. 주인이 바뀌고, 세상을 떠나도 나무는 남아서 그 집의 이름을 이어 갔다.

온종일 지켜보아야 이따금 멧돼지나 고라니가 지나갈 뿐인 산속의 오두막에 '비룡로 몇 번지'라는 명칭보다 호두나무집이라고 불리는 것이 정겹다. 부르는 사람이나 불리는 집이나 온기가 느껴진다.

인근의 산이 깎이면서 물길이 바뀌는 바람에 호두나무 곁에 둠벙이 생겼다. 물길을 내어 주었지만 속으로 스미는 물은 어쩔 도리가 없었다. 온종일 발을 물에 담그고 지낸 호두나무가 온전할 리 없다. 가지가 마르고, 눈에 띄게 잎이 줄기 시작했다. 슬쩍 넘어져도 뼈가 부러지는 노인처럼 작은 바람에도 가지가 맥없이 부러졌다. 쇠잔해가는 나무를 지켜보는 것은 괴로운 일이었다. 옮겨 심어볼 생각도 했지만, 슬쩍 흔들기만 해도 가지가 부러지는 나무를 파 옮겨 온전히 살릴 재간이 없었다. 시름시름 말라가던 나무는 어느 여름 든바람에 허리가 부러지고 말았다. 부러진 나무의 속은 쭉정이처럼 비어 있었다.

해마다 호두를 내어놓으며 제 몸을 텅 비운 나무는 그렇게 제가 섰던 자리에 누웠다. 이따금 그 주변을 어정거리다 보면 흙에 묻힌 호두가 얼굴을 내밀었다. 부디 싹을 틔워 호두나무로 서기를 바라본다.

이따금 창으로 내다보면 무언가 허전했다. 까닭을 알지 못하다가 밭 가장자리에 서 있던 호두나무 때문인 것을 알게 되었다. 빈자리가 허전하여 꽃나무도 심어보았지만 어색했다. 나무건 사람이건 자리가 있었다. 그리고 그 자리를 비운 만큼 세상은 바뀌었다. 한 그루의 나무가 아니라 하나의 세상이 사라진 것이다.

# 감을 매달다

**가**을이 깊어가다.

깻단 터는 소리가 고소하고, 여름내 오미자밭을 덮던 칡들도 누렇게 말라 바람에 서걱거린다. 세상은 고요하고, 별들이 매단 은귀고리가 바람에 쟁그랑거리는 소리가 손에 잡힌다. 숲은 하루가 다르게 비어가고, 김장밭의 배추만 쓸쓸하게 푸른빛을 지키고 있다. 짙은 향내를 풍기던 산국도 서늘한 바람에 말라가고, 마당에 뒹구는 떡갈나무잎 소리가 면도날처럼 가슴을 헤집는다. 밤새 버스럭거리는 소리에 잠을 설친다. 하도 그 소리가 쓸쓸하여 나무를 베어버리기로 했다. 톱을 들고 다가가자 떡갈나무가 버석거리며 몸을 떨었다. 바람도 없었다. 톱을 쥔 손을 거두어들였다.

나무가 무슨 잘못이 있겠는가. 딩구는 마른 잎에 흔들리는 마음이 죄인이었다.

언제부턴가. 가을이 깊어지면 세상이 무채색으로 변했다. 무력감에 빠지고, 가슴이 빈 유리병처럼 바람 한 올에도 뱃고동 소리를 냈다. 술을 찾는 일이 잦아지고, 날이 저물 무렵이면 별달리 살 물건이 없는데도 차를 몰아 읍내의 큰 마트를 찾아갔다. 조명이 휘황찬란한 마트 안을 돌아다니며 별 쓸데도 없는 물건들을 한 바구니씩 사 들고 왔다. 그러면 기분이 조금 나아졌다. 그런 기분은 봄이 될 때까지 이어졌다.

나중에야 그것이 일조우울증이라는 걸 알게 되었다. 햇빛의 광량이 줄면서 생기는 증세인데, 주로 가을부터 겨울에 심해진다고 했다. 열대 지방에는 일조우울증 환자가 없다고 한다.

스스로 원해서 들어온 산중이지만, 온종일 무채색으로 변해가는 산에 둘러싸여 지내며 생긴 증세인 듯하다. 여름 내 버섯이나 나물을 캐러 온 사람들의 발길마저 끊기면 산중은 적막해진다. 온종일 집안에 들어앉아 마른 잎 구르는 소리만 듣고, 훌쭉하게 비어가는 숲을 바라보면 가슴도 찬바람에 굴러다니는 매미 허물처럼 메말라갔다.

이따금 겅중거리며 지나가는 멧돼지나 고라니가 반가울

지경이다. 언젠가는 현관문을 열고 나가다가 지나가던 고라니와 부딪친 적이 있다. 고라니도 그곳에서 사람이 나올 줄을 미처 알지 못했던 듯, 당황하여 멀거니 서로를 쳐다보았다. 밉든 곱든 사람은 모여 살아야 했다. 나이가 들수록 그런 생각이 깊어진다.

가을이 시작되면 일을 만들어 하게 되었다.

아내가 감을 한 보따리 사 왔다. 단감처럼 단단하게 생긴 감인데 깎아서 곶감을 만드는 거란다. 감 껍질 깎는 것이야 칼로 사과 깎듯 하면 되는데, 다 깎은 감을 어떻게 말려야 할지 고민이었다. 여태껏 먹어만 봤지 곶감이란 걸 말려 본 적이 없었다. 기억을 더듬어보니, 무슨 나무 꼬챙이로 뀐 듯했다. 싸리나무인 듯싶었다. 싸리나무는 가늘고 질겨서 감을 꿰기도 좋고, 일찌감치 바짝 말라 감을 썩히지도 않을 듯했다.

뒷산에 가서 싸리나무 한 묶음을 베어 왔다. 끝을 뾰족이 깎아서 감을 뀐다. 가운데 씨가 있는지 잘 들어가지를 않는다. 손바닥이 아프도록 힘을 주어 몇 줄을 꿰어 매달았다. 내친김에 추녀 끝에 주렁주렁 매달아 보려고, 인터넷에 들어가 씨 없는 청도 반시라는 걸 주문했다. 씨가 없으면 나중에 먹기도 좋고, 꼬챙이에 꿰기도 편할 듯했다.

그런데 며칠 후 도착한 감 상자를 열어 보니, 가만히

손을 대도 터져 버리는 연시였다. 할 수 없이 먹어 치울 수밖에 없었다. 아내가 혀를 차고 곶감용 고종시라는 감을 주문했다. 도착한 걸 보니, 과연 꼭지가 달린 단단한 감이다. 줄로 꼭지를 묶어 추녀 밑에 매달았다.

서리가 내릴 무렵이면 매달아 놓은 감도 하얗게 분을 뒤집어쓴 곶감이 될 것이다. 뒤울안에 감나무 두어 그루가 서 있어 가을이 쓸쓸해지면 그 불타듯 붉은 감들을 따다가 추녀 끝에 주렁주렁 매달아 두고 싶다. 몇 번인가 감나무 묘목을 사다 심었지만 실패했다. 추워서 되지 않는다고 했다.

감을 깎아 추녀 끝에 주렁주렁 매달아 두는 것은 꼭 먹기 위해서만은 아니다. 언젠가 집안이 쓸쓸하여 풍경 하나를 사다가 추녀 끝에 매달았다. 이따금 지나가는 바람에 쟁그랑거리는 그 소리를 듣는 것도 운치가 있었다. 그런데 어느 날, 바깥에 나갔다가 돌아오니 풍경이 사라졌다. 누군가가 떼어간 것이다. 그 뒤로 추녀 끝이 늘 허전하게 느껴졌다. 원래 비어 있는 것이었지만 풍경이 사라진 뒤로 무언가 빠진 느낌이었다.

풍경 대신에 추녀에 감이 매달렸다. 고즈넉한 가을날, 추녀 끝에 매달려 반짝이는 볕에 말라가는 감들을 바라보면 충만감이 느껴진다. 그러고 보면 빈 것은 추녀가 아니라

내 가슴속이었다. 누군가 떼어간 건 풍경이 아니라 내 가슴 속의 쓸쓸함이기를 바란다.

# 숲속의 오두막

**불**당골의 농가에서 이태를 보냈다.

700만 원으로 세를 얻은 농가는 축령산 자락이 끝나는 언덕바지에 동그마니 올라선 슬레이트집이었다. 농가는 기차를 닮았다. 방에서 방으로 건너가려면 기차처럼 두 개의 방문을 여닫고 드나들어야 했다. 단칸집에서 살던 주인이 하나씩 낳은 자식들이 성장하면서 방을 하나씩 내달아 지은 구조였다.

밤이 되면 시골은 칠흑이다. 밤늦게 멀리서 보면 노란 창문만 눈에 들어온다. 직사각형의 노르께한 전등 불빛은 밤 기차를 생각나게 한다. 수려선 협궤열차에서 내다보는 밤은 검었다. 창에 매달려 큰 소가 누운 듯 지나가는 산의 검은 윤곽은 부싯돌처럼 상상력을 일으켰다. 멀리서 까물거리는 초가의 호롱불은 따뜻했다. 아직도 도금칠이 벗겨진 차창의 집게 손잡이가 보인다. 노란 창문을 매단 농가의 방문을 몇 개나 열고 들어서면 덜컹거리는 협궤열차의 바퀴 소리가 들렸다. 잠이 들면 '은하철도 999'[2]라는 꿈을 꾸었다.

슬레이트 지붕은 빗물이 스며들었다. 빗방울을 받기 위해 방안에 그릇들을 받쳐 두었다. 아내는 심란했지만 아이와 나는 즐거웠다. 그릇에 떨어지는 빗방울들이 내는 소리와 크고 작은 파문들을 지켜보았다. 같은 빗방울이라도 그릇마다 다른 소리가 났다. 유심히 들어보면 그건 실로폰 소리 같기도 하고, 청개구리 울음 같기도 했다. 빗소리는 부작용이 없는 천연 수면제였다.

비가 안 오는 여름날이면 집은 가마솥으로 변했다. 언덕바지에 동그마니 올라선 농가는 온종일 볕에 달구어졌다. 남향집이라기보다는 동서남북향집이었다. 여름이면 온종일 데워진 집은 밤이 되어도 식을 줄을 몰랐다. 마루에 대자로 누워 문지방을 베고 닭들이 노는 마당을 바라보며 버텼다.

••

2. 마츠모토 레이지가 창작한 만화, 이를 원작으로 1978년 일본 후지티브이에서 방영한 애니메이션 <銀河鉄道999(スリーナイン)>.

살림을 하는 아내의 고초는 헤아릴 수가 없었다(는 걸 나중에 알았다). 여름이면 지하수를 끌어올리는 전동모터가 빗물에 잠겨 고장이 나고, 겨울이면 얼어붙어 샘에서 물을 길어다 썼다.

이태 동안 병영 기차 같은 농가에서 신병 훈련을 마치고 광대울에 집을 짓게 되었다.

집은 짓기 전이 즐거웠다. 첫사랑을 닮았다. 온종일 머릿속에 수십 채의 집을 지었다 부수고, 밤이면 잠을 못 이루고, 방바닥에 엎드려 온갖 낙서를 끼적거리는 증세가 그러하다.

동화책에 나오는 오두막을 생각했다. 묵정밭 주변에는 아름드리 이깔나무가 둘러싸고 있어, 난쟁이들만 있으면 '백설공주'가 살 만했다. 주택에 관한 잡지를 수십 권 들여다보고, 온갖 설계도를 무수히 그렸지만 문제는 돈이었다. 가진 돈으로는 창고 같은 조립식 패널로 지을 수밖에 없었다.

산책을 하다가 동화책에 나옴 직한 목조주택을 만났다. 목수인 남편이 손수 지은 집이라고 했다. 떼를 쓰듯이 매달렸다. 그리고 사람 좋아 뵈는 바깥주인 덕에 나무로 집을 짓게 되었다. 아무리 사람이 좋아도 밑지고 집을 지을 수는 없지 않겠는가. 목수 아저씨는 밤잠을 이루지 못했다. 그럴 때마다 우리는 '아주 단순한 집'을 주문했다. 부엌과 창문과

장방형의 긴 거실 창이나 통유리로 된 프랑스식 긴 거실 창과 옷을 따로 걸어 둘 드레스룸과 긴 의자에 올라앉아 주방과 마주 앉을 수 있는 식탁과 욕조는 없어도 아주 널찍한 욕실이 있는 아주 단순한 집이면 된다고 위로했다.

그리고 가능하다면 아이를 위해 작은 다락방을 지어 달라고 했다. 사람 좋은 목수 아저씨는 다락방을 지으면 그곳에 오르는 층계의 비용도 적지 않다고 난감해했다. 나는 해적들이 배에 오르내리던 줄사다리를 매달아 달라고 했다. 다시 밤잠을 못 이루며 고민한 목수 아저씨는 거저 나무로 된 계단을 달아 주었다. 감자 창고 같은 집에서 살 것을 어엿한 목조주택에서 살게 해주었다.

그렇게 지은 집은 솜씨가 모자라서가 아니라, 순전히 모자란 건축비 때문에 제대로 갖추지 못한 것이 많았다. 방화와 단열에 필요한 석고판의 마감도 하지 못했고, 합판에 회칠을 한 벽체는 오래지 않아 비바람에 젖어 군데군데 칠이 벗겨졌다.

얼어 죽는 건 참아도 멋없는 것은 견디지 못하는 아내의 주장에 따라 거실은 방앗간처럼 높이 터서 지었다. 그리고 시야를 나누는 것이 싫다고 엄청나게 넓은 통유리창을 걸었다. 보기는 좋을지 몰라도 창문을 열 수가 없으니 거실은 여름이면 곰탕집 부엌 같았다. 겨울에는 아무리 보일러를 돌려도 높게 트인 거실을 덥힐 수가 없었다. 무쇠 난로를 들여놓았다. 마침 뒷산에 간벌하고 버려진 나무들이 많았다.

　눈이 펑펑 쏟아지는 날, 집안에서 난롯불을 피우는 정취가 있다. 탁탁 소리를 내는 불꽃을 배화교도처럼 지켜보았다. 투박하기는 해도 장작 몇 개만 넣으면 무쇠 난로는 뜨겁게 달아올랐다. 이따금 새들이 연통을 타고 들어와 난로 속에서 변을 당했다. 그 후로 불을 지피기 전이면 연통을 두드리고 난로 속을 살펴야 했다. 화구를 열고 재투성이가 된 참새나 박새들을 살려 보낸 것이 여남은 마리를 넘었다.

　스무 해를 넘기다 보니, 무쇠 난로에도 구멍이 났다. 불을 피우면 연기가 새어 나와 집안이 너구리 잡는 굴이 되었다. 거실의 천정은 시커멓게 그을렸다. 도배를 새로 하려고 해도 엄청나게 높은 천정에 고개를 꺾고 풀 먹인 종이를 바르는 일은 여간 힘든 게 아니다. 두어 군데 도배사를 불렀지만 모두 고개를 젓고 돌아갔다. 그냥 좀 더 그을려 천정이 시커멓게 되기를 기다린다. 그을음에 검어진 천정은 누워서 바라보면 밤하늘 같았다. 은박지로 별이라도 몇 개 오려 붙일 참이다.

　벌써 이십 년이 넘게 그 안에 살아오고 있다.

"공중의 새를 보라 심지도 않고 거두지도 않고 창고에 모아들이지도 아니하되 너희 하늘 아버지께서 기르시나니 너희는 이것들보다 귀하지 아니하냐" "너희가 어찌 의복을 염려하느냐 들의 백합화가 어떻게 자라는가 생각하여 보라 수고도 아니하고 길쌈도 아니하느니라."[3]

이런 경서의 말씀에도 할 말은 있다. 새라면 날개라도 있지요? 백합이라면 향기라도 있지요?

결론은 사람은 있는 것으로 사는 것이 아니라, 없는 것으로 사는 것이다.

3. 마태복음 6장 26절, 28절.

## 주경야졸

'주 경야독(畫耕夜讀)'이라는 말을 믿은 게 화근이었다. 텃밭도 일구기 바쁜 터수에 집 가까이 있는 670평의 밭을 사들였다.

오미자 농사를 짓다가 몇 해를 묵혀 둔 밭은 온통 칡덩굴로 뒤덮였다. 중국산 오미자에 밀려 타산이 맞지 않아 버려 둔 오미자들은 칡덩굴과 뒤얽혀 발을 딛고 들어서기도 어려웠다. 지주로 받쳐 두었던 쇠 파이프가 타고 오르는 칡덩굴을 견디지 못하고 쓰러져 아비규환의 현장이 되었다. 봄에 칡덩굴이 벋기 전에 뽑아내려는데, 어려서는 오미자와 덩굴을 구분하기 어려웠다. 벼 곁에 피가 숨고, 부추 옆에 바랭이풀이 자라듯이 식물들도 꾀를 내고, 고뇌도 한다.

고뇌하는 것이 어찌 바랭이풀뿐이랴. '이런들 어떠하리 저런들 어떠하리, 우리도 이같이 얽어져 백 년까지 누리리라'며 오미자 덩굴에 칭칭 얽힌 칡덩굴들을 처치하는 고뇌에 비할까.

한 해를 꼬박 비탈밭에 엎드려 칡덩굴과 싸운 끝에 두 손을 들고 말았다. 오미자건 칡이건 가리지 않고 뽑아내는 수밖에 없었다. 친구를 잘못 사귀어 졸지에 횡액을 당한 오미자의 처지가 딱하고 안쓰럽지만 나도 살고 볼 일이었다.

오미자는 뿌리가 여간 질기고 깊은 게 아니었다. 몸을 뉘어 힘껏 당기다가 뿌리가 툭 끊어지면 엉덩방아를 찧기 십상이다. 끝없이 이어진 오미자 덩굴을 뽑다 보면 화가 머리끝까지 치민다. 그런데 어디선가 향긋한 냄새가 풍겨온다. 잘려 나간 오미자의 덩굴들이 그런 향기를 지닌 줄은 미처 몰랐다. 모든 주검들은 처참한 모습과 악취를 동반하지만 오미자는 죽음의 순간에 향기를 남겼다.

덩굴을 걷어다가 욕조에 담그니 향기가 은은하다. 장미꽃잎을 욕조에 담근 영화 장면이 나오지만, 향으로 따지자면 오미자 넝쿨이 한 수 위다. 그윽하고 감미로운 향기에 비해 오미자의 꽃은 참으로 볼품없다. 어린아이의 눈곱처럼 오종종하고, 빛깔도 희미하여 쉽게 눈에 띄지도 않는다. 숨어서 풍기는 향이 더욱 그윽하다.

간신히 덩굴들을 뽑아내고 밭을 일구려는데, 산자락에 붙은 따비밭이라 온통 돌투성이다. 마을에 부탁하여 트랙터로 갈기로 했다. 트랙터를 몰고 온 이장은 비탈밭이라 트랙터가 쓰러진다며 겨우 절반만 갈아 준다. 그나마 밭에 숨은 돌멩이에 날이 부러진 뒤로는 아예 얼씬도 하지 않는다. 모르면 용감할 뿐이다. 삽 하나를 들고 밭을 일구고 고추를 심었다. 670평의 따비밭을 삽 한 자루로 이태쯤 짓고 나니, 무릎뼈가 시큰하며 움직일 때마다 우직거리는 소리가 난다. 우직하다는 말의 유래를 그때 알게 되었다. 무릎에서 우직 소리가 난다는 뜻이다.

처음부터 하려고 한 일은 아니다. 장대 같은 빗줄기에 고운 흙이 다 쓸려나가고, 옹골진 돌멩이들만 머리 쳐들어, 저물녘에 개밥 주러 가다가 엎어져 눈앞에 개밥바라기별을 보게 하니 그저 버려둘 수가 없었다.

말로는 경기도라지만, 산을 두어 개 넘으면 강원도가 지척이었다. 예전에는 골마다 물이 많고 산이 우거져 화전을 일구고, 산판을 벌여 뗏목을 띄우던 산간마을이었다. 산중에 곡식이라도 부쳐 먹을 조신한 논밭이 넉넉할 리 없다. 있다 해도 흙보다 돌이 더 많아 호미에 불이 튈 지경이다. 내가 태어난 여주는 남한강이 쓸고 내려온 금모래 은모래가 수천 년 쌓여 논밭을 이루었으니 삽이건 괭이건 척하니

들이대면 걸리는 조약돌 하나 없이 화로에 구운 인절미에 젓가락 꽂듯 쑥쑥 잘만 들어갔다. 거기에 비해 가평과 양주에서 뻗어 나온 여섯의 산비탈에서 흘러 내려온 그악한 돌멩이들이 서로 얽어 묻혀 삽 한번 속 시원히 꽂힌 적이 없다.

여주에선 물꼬라도 눌러 놓으려고 주먹만 한 돌멩이를 찾아보아도 사방 시오리는 족히 걸어 개울가로 나가야 하거나, 수려선 협궤열차 철로 변이라도 가야 혹 역청 묻은 자갈돌이라도 구경했다. 거기 비해 물골은 돌멩이만 수북하고, 고운 흙은 서울 사람들이 물놀이 즐긴다는 광나루 어름으로 죄 떠내려 보냈다. 물골이 아니라 돌골이었다.

삽이란 것이 발로 지그시 밟는 대로 쑤욱 들어가는 맛이 있어야 일하는 맛이 나는 법이다. 힘껏 삽질을 하는데, 삽날이 턱 소리를 내며 돌에 걸리면 무릎이 시큰해지다 못해 앞으로 곤두박질을 칠 지경이다. 이리 뒤치고, 저리 제쳐서 삽날을 박다 보면 이것은 밭을 가는 것이 아니라 삽으로 땅을 긁는 짓이다. 온종일 크고 작은 돌멩이들을 솎느라 진이 빠지고 나면 주경야독이라는 말의 진의가 새삼 의심스러워진다.

다산이며, 매월당이며 낮에는 밭을 일구고 밤이면 낭랑히 책을 읽었다는 말에 취하여 몇 해 동안 따라 해본 결과는 이러하다.

주경은 어느 정도 흉내를 낼 수는 있지만, 야독은 어려웠다. 아니, 불가했다. 온종일 밭에 엎드려 땀을 흘린 뒤에 저녁상을 받고 나면 낭랑한 소리로 책을 읽기는커녕 요란스레 코를 골며 잠들지 않을 수가 없다. 이른바 '주경야졸(晝耕夜拙)'이다.

고명한 분들이 거짓을 말할 리는 없다. 이리저리 주경야독의 사례들을 면밀히 연구해 본 결과, 책 읽는 선비들의 농사는 마당 한쪽의 텃밭을 꽃밭 일구듯 지은 것이 자명하다. 그게 아니라면 식솔들의 생계를 떠맡아 농사를 업으로 삼아 주경하는 이들이 밤늦도록 낭랑한 소리로 책을 읽을 수는 없었다. 그게 가능하다면 그분들은 선비가 아니라 '슈퍼맨'이라고 불려야 할 것이다.

# 호미 엘보

오죽잖은 농사이긴 하지만, 멀쩡한 밭을 맨 놓고 바라볼 수는 없다. 틈날 때마다 밭에 나가 어정거려 본다. 진달래가 피면 밭을 일구고, 철쭉이 필 무렵이면 문설주에 매달아 두었던 씨를 뿌리고, 뻐꾸기가 울면 콩 모종을 내어 심기까지 그럭저럭 남들 흉내는 내어본다. 여기까지는 입에서 <흙에 살리라>⁴라는 노래가 흘러나올 만하다.

풀이 자라기 시작하면서 문제는 달라진다. 어린 양처럼 얌전하던 풀들이 칠팔월 땡볕에 소낙비라도 한 자락 맞고

4. 1973년 홍세민이 노래한 대중가요.

나면 웬만한 낫질로는 감당할 수 없게 억세어진다. 괭이로 파고, 삽으로 뒤집고, 낫으로 베어 보지만 땡볕에 풀과 싸우다 보면 두 손을 들고 만다.

그래도 끝까지 편을 들어주는 것은 호미였다.

농사일은 시원찮아도 농기구는 없는 게 없다. 삽부터 괭이, 따비, 쇠스랑, 갈퀴, 써래, 고무래에 이르기까지 벽에 즐비하게 걸려 있지만 가장 아끼는 것은 호미이다.

생김새는 단순해도 그리 만만히 볼 물건이 아니다. 널린 게 호미지만, 날의 길이와 구부러진 각도, 비스듬히 기운 목의 경사와 손에 쥐었을 때의 무게는 천양지차다.

호미는 괭이나 삽처럼 무겁지 않아, 오래 붙들고 일을 하여도 힘에 부치지 않는다. 멋모르고 삽으로 돌밭을 일구다가 무릎을 다친 뒤로는 호미와 각별하게 가까워졌다.

생김새로 볼 것 같으면 삼각형의 날은 이 빠진 촌로처럼 홀쭉하게 빠진 턱을 닮았고, 사정없이 구부러진 목은 평생 밭에 엎드려 땅을 파먹느라 굽은 농사꾼의 등을 연상시킨다.

몇 해 동안 쓰던 호미가 손잡이에서 날이 쑥 빠졌다. 한동안 끈으로 동여매어 썼지만 얼마 가지 않아 손잡이마저 쪼개지고 말았다. 모처럼 손에 맞았던 호미와 헤어지려니 여간 서운한 게 아니었다.

날만 남은 호미를 벚나무 등걸에 걸어 두었다. 밭에 엎드려 풀을 뽑다 돌아보면 녹이 벌겋게 슨 호미가 지켜보고 있었다.

장에서 새로 산 호미는 날이 길고 가뿐하였다. 뾰족하고 가벼운 날이 좋은 게 아니었다. 날카로운 날은 땅에 깊이 묻혀 자연스레 손목에 힘이 들어갔다. 때를 놓친 풀들은 뿌리를 깊이 내려 쉽게 뽑히지 않았다. 호미를 깊이 질러 넣고 손으로 틀어잡아 뽑아내야 했다. 조자룡 헌 칼 휘두르듯 가벼운 호미를 집어 들고 풀들을 몰아서 해치웠다.

자고 일어나니 팔꿈치가 시큰거렸다. 조금 무리를 한 탓이라 여겨 며칠을 그냥 버텼다. 팔꿈치는 더 시큰거리고 밤이면 욱신거려 제대로 잠을 잘 수가 없었다. 읍내에 있는 정형외과를 찾았다.

의사는 이리저리 팔을 만져보더니 금세 병명을 일러주었다.

"테니스 엘보네요."

기가 막혔다. 테니스라고는 가까이에서 구경도 해본 적이 없는 처지에 테니스 엘보라니 ……. 남들은 운동을 즐기다가 걸리는 병이라지만, 열심히 밭에 엎드려 호미질만 한 사람에게 '테니스 엘보(tennis elbow)'라는 병은 다소 억울했다.

의사는 당분간 테니스를 치지 말고, 상당히 오래도록 치료해야 한다고 했다. 벚나무 가지에 걸린 호미가 혀를 차는 소리가 들렸다.

호미 한 자루가 곡괭이만큼 무거웠더라도 이 지경이 되지는 않았을 것이다. 호미가 가볍고 날이 길었던 것이 탈이다. 때로 편한 것이 스스로를 망칠 수 있다는 것을 나무에 걸린 호미가 넌지시 일러주었다.

# 바람으로 지은 오두막

**원**두막을 짓기로 했다.

여기저기서 모은 목재와 오미자밭에서 거둬들인 쇠 파이프와 철사들, 그리고 아파트 쓰레기장에서 주워 온 비닐 장판들이 융합되어 창조된 생각이었다.

시원한 바람이 드나들게 높이 짓기로 했다. 한나절이면 되겠거니 여기고, 묵은 달력 뒤에 볼펜으로 대강 길이만 적어 들고 나섰다. 비탈밭의 위편에 짓기로 했다. 키를 훌쩍 넘게 높이 올리고, 간벌하느라 베어낸 잣나무들을 끌어다가 기둥으로 세웠다.

간벌목은 유감스럽게도 다섯 자 정도로 잘려져 있었다. 그것을 바닥의 기둥으로 삼고, 우선 그 위에 마루를 놓은 뒤에 다시 지붕을 받칠 기둥을 잇대기로 했다. 원래 기둥이란 하나로 된 굵직한 놈이 좋은데, 그런 나무를 구하기가 쉽지 않았다. 있다 해도 산에서 혼자 끌어올 힘이 없었다.

가파르게 기울어진 언덕에 구덩이를 한 자 정도 파고, 기둥목을 묻었다. 주춧돌을 놓고, 소금을 넣고 기둥을 세워야 한다는 것쯤은 알고 있었다. 주변에 그만한 돌도 없고, 있더라도 혼자 그 무거운 물질을 옮길 생각이 없었다. 소금은 있지만 그것만 묻기엔 싱거운 일이었다.

그냥 땅에 묻은 기둥은 썩어서 오래가지 못할 것이지만, 사람이건 집이건 때가 되면 썩는 게 올바르다. 생전의 단칸집을 그 자리에서 풀썩 주저앉도록 손대지 말라던 권정생 선생의 말씀이 지당하다. 요즘은 사람이건 플라스틱 물건이건 너무 오래가서 문제다.

줄을 쳐야 옳지만 잡아 줄 이가 없어, 혼자 눈대중으로 기둥 자리를 팠다. 눈앞에서는 바로 보이던 기둥들이 세우고 보니 이리저리 일그러져 있다. 구덩이를 파고 다시 묻기를 서너 차례 거듭하다 포기했다. 아홉 개의 기둥을 세우는 데 한나절이 지나갔다. 떡을 잘라 큰 놈은 한 입 베어 물고, 저쪽이 크면 또 한 입 베어 먹는 식으로, 네 기둥을 눈대중으로 이리저리 움직이다 보니, 맥없이 쓰러지는 놈, 비스듬히 기우는 놈, 온종일 기둥 쫓아다니다 지쳤다. 우선 가로목을 쳐서 기둥들을 고정시키기로 했다. 손목 굵기의 잣나무 가지들로 기둥들을 얼기설기 엮었다.

대충 세운 기둥들에 거멀못을 박자 얼추 틀이 잡혔다. 문제는 정방형으로 보이던 기둥들을 다 세우고 나자 비스듬히 기운 마름모형이 되었다. 왼편은 앞으로 기울고, 오른편은 뒤로 기울어 일그러지긴 했지만 들고나며 얼추 균형은 맞아 보였다.

이튿날, 합판들을 기둥 위에 올리고, 마루를 깔았다. 높낮이가 맞지 않아 울룩불룩하고, 이가 맞지 않아 바닥 틈새가 벌어졌다. 톱으로 자르고, 힘들여 맞추려다가 바람이 드나들도록 내버려 두었다. 온종일 땡볕 속을 돌아다니는 바람도 누워서 쉬어야 할 것이었다.

지붕을 얹으려는데 떠받들고 설 기둥이 모자랐다. 마당에 쌓인 채 비바람에 시달리던 각목들을 쓰기로 했다. 하나로 모자라면 둘을 더했다. 각재가 굵지 않아 휘청거렸지만 허리를 굽히고 다니지 않도록 높게 세웠다. 휘청거리는 여섯 개의 기둥들 위로 세 평 규모의 지붕을 얹는 건 쉬운 일이 아니었다. 지붕을 가볍게 하는 수밖에 없었다.

양철 지붕을 덮기로 했다. 가벼운 함석 슬레이트로 지붕을 잇고, 엉성한 틈새로 떨어지는 비는 그냥 맞기로 했다. 폭우가 쏟아지면 어쩔까. 집으로 들어가면 된다. 바람이 불면 날아가지 않을까. 날아갈 것이 없이 사방을 모두 터놓기로 하자. 그래도 무너지면 어쩌나. 그냥 "무척 바람이 세구나!"라고 생각하기로 했다.

이제는 지붕보를 짜야 했다. 두 개의 삼각 틀을 만들었다. 문제는 이 작업을 낭창거리는 기둥 탓에 마루 위에서 해야 했다. 꿀렁거리는 마루 위에서 망치질을 하다가 손가락을 몇 대 맞았다. 아팠다. 그냥 "무척 아프구나!"라고 생각하기로 했다.

3cm짜리 각재로 서까래를 촘촘히 잇달자 제법 지붕 골조가 무겁다. 흔들거리는 기둥 위에 혼자서 지붕을 얹는 게 힘들었다. 가족들이 좋은 게 뭔가. 부역의 총동원령이 내려졌다. 마뜩잖아하는 가족들을 독려하여 네 귀퉁이를 들어 올렸다. 우선 한 귀퉁이에 올려 못을 박고, 다른 쪽을 번갈아 고정시켰다. 혼자서는 도저히 할 수 없는 일이었다. 인간은 사회적 동물이라는 사실을 절감했다.

지붕을 얹고 나자 원두막 기분이 났다. 보와 서까래를 보강하기 위해 철관을 철사로 동여맸다. 어떤 역학적 원리인지는 몰라도 허공에 매달린 철관 덕에 제법 **뻣뻣**하게 선다. 현수교의 이치를 스스로 터득한 나 자신에 감탄했다.

보 위에 함석판을 덮었다. 낭창거리는 서까래에 못을 박는 것은 움직이는 파리를 돌팔매로 맞추는 것만큼 난이도

가 높았다. 몇 번의 실패 끝에 나사못으로 조이기로 했다. 먼저 반쪽을 덮고, 나머지를 이었다. 문제는 함석판이 석 자가 넘어 손이 닿지 않았다. 함석판을 둘둘 말아 얼굴로 누른 뒤, 간신히 나사못을 박았다.

이제 마무리 작업에 들어갔다. 주워 온 비닐 장판을 마루에 깔고, 오르내릴 사다리를 만들었다. 이 엉성한 원두막에서 단연 돋보이는 작품이었다. 아파트 공사장에서 쓰고 남은 각목을 얻어 온 게 있었다. 좀 좁은 감은 있지만 똑같은 길이의 각목을 세 개씩 이어, 널판 사이에 박아 넣어 계단을 만들었다. 기생오라비처럼 맵시가 있는 게 엉성한 원두막과 어울리지 않아, 부러 비스름하게 박았다.

태생적인 '삐딱이'의 솜씨로 지은 원두막에 누웠다. 시원한 바람이 골을 타고 올라와 땀을 식힌다. 스르르 잠이 들 것 같다. 이제 지는 해를 막기 위해 발을 사다 걸고, 때 묻은 목침이라도 던져두면 올여름은 시원하게 지낼 것이다.

여기저기 주워 온 고물들로 얽고, 잇댄 원두막은 무시로 출렁거리며 흔들렸다. 헐렁하고 엉성하여 지나는 바람이 무심히 드나들기 편할 듯하다.

원두막을 '바람으로 지은 오두막'이라 이름 붙이기로 했다. 어느 인디언의 이야기에 나오는 구절이었다. 밑에는 조그만 글씨로 '메뚜기로 지은 집'이라고도 적기로 했다. 크게 했다간 메뚜기가 모기며, 파리까지 죄다 데리고 찾아올까 걱정되었다.

원두막이 세워졌으니 참외와 고구마와 콩을 심기로 했다. 고구마는 겨우내 난로에 구워 먹고, 잠 안 올 때 날로 깎아 먹을 것이며, 콩은 맷돌에 갈아 두부를 내어 먹을 참이다. 참외는 여름밤에 밭고랑을 기는 서리꾼들을 볼 양으로 몇 두럭 심어볼 셈이다. 가을이면 원두막 지붕에 이엉이나 청솔가지를 엮어 얹을 참이다.

그런데 이렇게 애써 지은 원두막에 아무도 오르려 하지 않았다.

가파른 비탈에 높이 세운 데다가 발을 디딜 때마다 우줄거리고 휘청거려 멀미가 난다고 했다. 비행기 멀미와 비슷한 증세인가 보다. 별수 없이 원두막에서는 여름내 홀로 누워 지냈다.

누워서 바라보는 구름만큼 심심한 게 있을까. 오랜만에 심심해 죽어 보았다. 까무룩 잠이 들면 바람이 곁에 와 누웠다. 그야말로 바람의 집이 되었다. 소나기라도 내리면, 빗방울이 함석지붕에 실로폰 소리를 내며 떨어졌다. 머잖아 태풍이 찾아온다는데 바람이 통째로 무너뜨릴지도 몰랐다.

바람으로 지은 오두막이니, 그렇게 바람으로 돌아가는 일도
어쩔 수 없는 일이다.

# 산에는 꽃이 피네

"그런데, 이 양산같이 생긴 노란 꽃이 뭐지?"

"마타리꽃."

소녀는 마타리꽃을 양산 받듯이 해 보인다.[5]

**광** 대울 넘어가는 고갯길에서 처음 보았다. 생긴 것은 뱀도랏과 비슷하게 생겼고, 키가 껑충했다. 꽃을 피우기 전에는 그게 거기 있었는지도 모를 만큼 평범했다.

도감을 뒤져 보니, 마타리꽃이다. 그 이름을 듣는 순간 대번에 가슴이 울렁거린다. 여드름이 돋아날 무렵에 배우던

• •

5. 황순원 단편소설 「소나기」 중에서.

황순원의 단편소설 「소나기」에 등장하는 꽃이다. 대한민국 국민이라면 구개음화며, 자음접변은 잊어도, '소나기'의 감동은 지니고 있을 것이다.

반가워서 마당에 옮겨 심어 보려 캤다. 그런데 그걸 들고 오는데 어디선가 고약한 냄새가 풍긴다. 어디 똥이라도 묻었나 싶어 손이며 발을 샅샅이 살폈다. 냄새의 출처는 마타리꽃의 뿌리였다.

마타리꽃의 뿌리에서는 된장 썩는 냄새가 나서, '패장'이라는 별호가 붙어 있다는 걸 나중에 알게 되었다. 황순원 선생도 이 냄새를 맡지는 못한 듯하다. 미리 알았다면, 고약한 냄새를 풍기는 꽃을 순수한 사랑의 이야기에 등장시킬 리가 없다.

키가 큰 꽃들이 그러하듯, 마타리꽃도 떼를 지어 피었다. 늦장마의 비바람에 서로 기대며 살아남기 위한 지혜인 듯하다.

올가을도 광대울 고갯길에는 노란 마타리꽃이 떼를 지어 필 것이다. 그것을 캐내는 짓은 두 번 다시 하지 않는다. 꽃이든 사람이든 몇 발자국 떨어져 바라볼 때 아름답다.

사랑은 소유하지 않으며 멀리서 그리움을 견디는 것, 있는 그대로를 바라보며 적당한 비밀을 남겨 두는 것. 낱낱이 뿌리를 캐어 내어 모든 것을 알게 되었을 때, 생각지도 않은 고약한 냄새에 멀어지게 된다는 것을 일러주기 위해, 작가는 이 마타리꽃을 짧고도 슬픈 사랑에 등장시킨 것은 아닐까.

산자락에 붙어살며 나무와 가까워졌다. 도감을 보아서는 도무지 구별이 되지 않던 나무들을 손으로 만져보고, 등걸에 기대어 보면서 알게 되었다.

천마산을 오를 때 보았던 소태나무의 잎을 씹어보고 '소태처럼 쓰다'는 말을 체감했다. 과거에 급제한 이들이 고향으로 돌아와 절을 올렸다는 물푸레나무는 도끼나 괭이 자루로 써보면서 과연 서당 선생이 회초리를 쓸 만큼 질기고 탄력이 좋다는 것을 알게 되었다.

봄이 찾아오면 가장 먼저 꽃을 피우는 것은 생강나무다. 노란 꽃술이 탐스러운 생강나무는 들에서 자라는 산수유나무와 꽃도 닮았고, 피는 시기도 닮았다. 생강 냄새가 난다고 해서 붙은 이름이다.


그리고 뭣에 떠다밀렸는지 나의 어깨를 짚은 채 그대로 픽 쓰러진다. 그 바람에 나의 몸뚱이도 겹쳐서 쓰러지며 한창 피어 퍼드러진 노란 동백꽃 속으로 폭 파묻혀 버렸다. 알싸한, 그리고 향긋한 그 냄새에 나는 땅이 꺼지는 듯이 온 정신이 고만 아찔하였다.

김유정의 단편소설 「동백꽃」에 등장하는 이 '노란 동백꽃'은 이미자 가수가 부른 '동백 아가씨'라는 가요의 붉은 동백꽃과 겹쳐지며 혼란을 일으킨다. 강원도 일대에서는 생강나무를 동백나무라고 부른다. 강원도 춘천 태생의 김유정 소설가가 묘사한 '노란 동백꽃'이 바로 생강나무꽃이다.

숲에 홀연히 흰나비 떼가 나타났다.

초록의 나뭇잎마다 달라붙은 수많은 흰나비가 어디서 날아왔을까. 다가가 살펴보니, 놀랍게도 그건 나비가 아니라 개다래의 잎이었다. 얼마 전까지만 해도 푸르던 잎들이 하얗게 변하여 멀리서 보면 흰나비가 앉은 모습으로 보인다. 다래꽃이 곱지 않은 것은 아니지만, 향도 진하지 않고 빛깔도 담백한 흰빛이라 벌과 나비를 불러 모으기 어려웠나 보다. 잎을 꽃처럼 물들이는 개다래의 재주가 오묘하다.

뒷산에 올라갔다가 빨간 열매를 매단 나무를 보았다. 옹색하게 쪼그라든 잎이며, 이리저리 얽힌 가지들이 보잘것 없었지만, 그런 열매를 매단 게 신통해 보였다. 따서 입에 넣어 보려다가 파리똥 같은 점들이 꺼림칙했다. 나중에야 그 볼품없는 나무가 보리수이며 지방에서는 보리똥, 파리똥이라 부른다는 걸 알게 되었다. 보리가 익을 무렵에 열린다 해서 보리수라는 말도 있고, 전남 완도의 보리 마을에 많아

그리 불린다는 말도 있다.

파리똥을 닮은 보리수와 전혀 다른 보리수가 있다. 가장 유명한 보리수는 석가모니와 잇닿는다. 부귀영화를 마다하고 삶의 의문을 풀기 위해 출가한 석가모니가 여섯 해의 고행 끝에 깨우침을 얻은 곳이 바로 보리수나무 아래다.

무화과 종류에 가까운 이 보리수는 학명이 ficus religiosa이고 '인도 보리수'로 불린다. 뒷산에서 본 보리수와 무관한 이 나무에 동명의 이름이 붙은 사연은 범어로 마음을 깨우쳐 준다는 뜻의 bodhidruma를 한자로 음차하여 보리수라고 부른 탓이다.

또 다른 보리수도 있다. '성문 앞 우물 곁에 서 있는 보리수'라는 가사로 알려진 슈베르트의 가곡에도 보리수가 등장한다.

독일어로 'Lindenbaum'이라 불리는 서양 보리수는 피나무과에 속한다. 이 나무는 사찰에서도 많이 심어져 그 혼란을 가중시킨다. 석가모니와 관련된 보리수는 난대성 수목이라 우리의 기후에서는 살 수가 없다. 꿩 대신 닭으로 찾은 것이 피나무 종류인 서양 보리수다. 그 잎의 모양도 인도 보리수를 닮은 데다가 결정적으로 새까만 열매가 염주로 쓰이기 때문이다. 나중에는 염주를 만들 만한 열매를 제공하는 모감주나무나 무환자나무도 모두 보리수라 부르면서 혼란을 더욱 크게 만든다. 보리수는 무차별의 깨우침을 주려고 세상에 태어난 나무인가 보다.

광대울에는 버려진 집터가 남아 있다. 사람은 떠나고 무너진 집터에는 우물만이 고여 있다. 여전히 맑은 물이 괸 우물은 가을이면 오동나무 잎이 떨어져 검게 변한다. 집들 뒤로는 즐비하게 무덤들이 남아 있다. 봄이 되면 볕 바른 언덕에 누운 무덤에 할미꽃이 소복이 피었다.

어린 시절에 즐겨 보던 할미꽃을 몇 차례나 마당에 옮겨 심었지만 제대로 살리지를 못했다. 나중에야 그 까닭을 알았다. 할미꽃은 허리가 구부러진 노인을 닮은 외양과 달리 뿌리가 곧고 깊다. 그래서 온전히 그 뿌리를 캐기가 쉽지 않다. 또한 할미꽃은 자라는 데 인산 성분이 필수적이다. 사람이 묻힌 무덤에 할미꽃이 자라는 사정이다.

신기한 것은 할미꽃 옆에는 뻐꾹채가 함께 했다. 허리가 구부러진 할미꽃과 흰 머리채를 너풀거리는 뻐꾹채가 할아범을 닮았다.

몰입

**산** 중의 여름은 온통 초록이다.
앞을 내다보아도 푸른 산이요, 뒤를 돌아보아도
청청한 녹음이다. 눈이 푸른 물에 짓무를 지경이니, 그야말
로 '오매, 초록물 들것네'다.

가만히 앉아 있어도 열기가 온몸을 달군다. 여름이면
만사가 귀찮아지고, 지루한 녹음 속에서 들려오는 매미의
울음소리도 나른하기만 하다. 더위가 기승을 부리는 날이면
늘 해 오던 일도 실수가 잦고, 능률이 오르지 않는다. 머릿속
이 백탄을 담은 화로처럼 들끓는다. 찬물을 한 바가지 퍼서
끼었으면 칙칙 소리를 내며 흰 증기를 내뿜을 듯하다. 일에
집중하기도 쉽지 않고, 무난히 처리하던 일조차 시들해지고

어처구니없는 실수를 저지르기도 한다.

여름과 '몰입'이라는 주제는 언뜻 생뚱맞다. 역설적으로 들리지만 몰입은 깊은 우물에서 두레박으로 길어 올린 물처럼 여름에 그 가치가 빛난다. 사전적으로 '어떤 대상에 깊이 파고들거나 빠짐'을 뜻하는 몰입은 한자로 쓰면 그 어의가 더 실감 나게 다가온다.

沒入.

이렇게 적어 놓고 보면, 더위로 헐떡거리는 여름에 앞뒤 가리지 않고 개울로 풍덩 뛰어드는 장면이 눈앞에 그려지지 않는가. 빠져든다는 것은 그야말로 앞뒤 가리지 않는 것이요, 물불 가리지 않고 뛰어든다는 것이다. 풀어 말하자면, 앞뒤며 물불을 잊는다는 걸 뜻한다.

잊는다는 것. 그것은 바람조차 빠져나갈 틈이 없는 일정의 거미줄에 포집된 나비처럼 살아가는 현대인에게 실수나 죄악에 가깝다. 그러나 역사책을 털어보지 않더라도 인류의 빛나는 진척의 이면에는 앞뒤며 물불을 잊는 몰입이 있어 왔다. 연구에 골똘하던 에디슨이나 뉴턴은 자신이 식사를 했는지 기억하지 못했고, 베토벤은 무대에 올라가 해야 할 자신의 연주를 잊고 지휘봉을 잡기도 했고, 아인슈타인은 여행 가는 기차에 올라서도 막상 자신이 가야 할 목적지를 잊었다.

거창하게 인류까지 들이대지는 말자.

밥 먹고 책 읽는 걸 업으로 삼던 책상물림 선비들이 여름이면 독서삼매로 더위를 잊었다는 것도 몰입의 한 방편이었다. 울울창창한 나무들이 늘어선 골짜기에 한가로이 앉아, 연록의 그늘이 스민 계류에 발을 담그고 책을 읽는 건 생각만 해도 시원한 장면이다. 허구한 날 꽉 조인 신발에 갇혀 있던 발들을 풀어내어 계곡물에 담그는 건 싱그러운 몰입이다. 열이 많아 눈이 붉은 열목어는 차고 맑은 물에만 산다. 열목어는 아니더라도 현대를 살아가는 사람들도 이따금 머리를 식힐 필요가 있다. 한적한 계곡에 발을 담그고 앉아 있노라면, 조릿대 숲을 드나드는 바람이 보이고, 발가락을 간질이는 물살이 들릴 것이다. 몰입이란 잊어야 할 기억들을 지우고, 지나쳤던 것들을 만나게 한다. 내친김에 붓을 들어 쪽동백 잎사귀에 시를 적고, 그걸 물에 띄워 보라. 경지에 이르면 그저 흐르는 물에 붓을 들어 시를 적게 되리라. 시가 아니라도 좋다. 지워야 할 기억들이며, 직장 상사에 대한 험담이라도 푸짐히 적어 하염없이 띄워 보내라.

몰입이란 대체로 물아일체, 무아지경과 상통한다.

이덕무의 『이목구심서(耳目口心書)』에 보면, 지리산의 연못에 사는 가사어(袈裟魚)라는 물고기 이야기가 나온다. 연못 주변에 늘어선 소나무 그림자가 쌓여 어느결에 그 속에 사는 물고기의 등에도 스님의 가사와 같은 문양이 새겨졌다 한다. 소나무의 그림자가 새겨졌든, 물가를 찾던 스님들의 가사를 닮았든 몰입은 물고기도 잊고, 흐르는 물도 잊고, 그 곁에 늘어선 소나무나 스님도 분별이 없게 한다. 가사를 걸친 물고기가 목탁을 두드리게 될지도 모를 일이다.

몰입은 나를 잊는 것이다. 여름날 녹음이 드리워진 골짜기에 앉아 책을 읽다 보면 나도 사라지고, 어느결에 연록의 바람이 되거나 물 위에 누군가 적어 보낸 시가 될지도 모를 일이다.

몰입의 또 다른 일화가 있다.

세상의 모든 것이 다 모여 있다는 인도에서 가장 먼저 만나는 것은 눈이다. 세상의 온갖 경적과 개와 소와 먼지와 바퀴 달린 모든 것들을 한자리에 모아 놓은 그 와중에 사람은 그 모든 걸 더한 것보다 많고 흔하다. 아무리 후미진 골목을 찾아가도 인도는 여행자를 잠시도 혼자 있도록 내버려 두지 않는다. 언제 어디서나 마주치는 사람들로 넘치는 와중에도 인도 사람들은 사람에 대한 호기심이 유별나다. 그 우묵하고 깊은 눈길은 모든 경적과 먼지와 릭샤와 주변의 아우성을 잊은 채 한 사람만을 향해 골몰한다. 파적 삼아 건성으로 이리저리 둘러보는 눈길이 아니다.

그건 앞뒤도 없고, 물불도 잊은 듯이 오로지 나만을 향하였다. 그걸 무엇에 비할까. 전생의 부부나 연인을 만나도 그보다 더 깊고 골똘히 바라보지는 못하리라. 그 눈빛은 몰입의 결정판이다. 길바닥에 누워 있는 개들과 차로 한가운데 누워 되새김질을 하고 있는 소들 곁에서 수천 년 동안 기다렸다는 듯이 오로지 나만을 뚫어져라 바라보는 그 눈빛을 어떻게 받아들여야 할까. 그건 몰입이 아니면 할 수가 없는 눈빛이었다.

어느 여름에 만난 몰입의 풍경도 잊을 수가 없다.

두물머리에는 강이 우묵하게 들어와 형성된 연밭이 있었다. 볕이 따가운 여름이면 사람 키보다 웃자란 연잎 아래서 낚싯대를 폈다. 활짝 펼친 양산보다 넓은 연잎들이 볕을 가리고, 그 은은한 초록빛 그늘 아래 들어앉으면 세상만사가 아득하게 잊혀져 갔다. 개구리밥이 물 위로 잔잔히 떠다닐 뿐, 바람 한 점 스미지 않는 연잎 아래서 오색 찌 한 자루만이 화두처럼 떠 있었다. 이따금 까만 안경을 쓴 물잠자리 한 마리가 그 위에 앉아 건들거릴 뿐, 얼마지 않아 찌도 물고기도 낚싯대를 드리운 사람도 가물가물 잊혀졌다. 얼마를 그렇게 앉아 있었을까. 바람도 없이 물살이 일며 슬며시 배 한 척이 지나갔다. 밀짚모자를 쓴 소녀가 연꽃을 따고 있었다. 나룻배 위에 얹힌 연꽃이며, 잠깐 눈이 마주친

소녀의 발그레한 볼이며, 고요히 번져가는 파문이 소리도 없이 지나쳐 사라졌다.

눈앞에서 펼쳐지면서도 그건 꿈과 같은 풍경이었다. 그건 세상의 어떤 시계로도 측정할 수 없는 시간이었고, 이 세상에 없는 기억의 경계였다. 내가 없고, 네가 없으며, 없다는 생각조차 없던 그 여름의 풍경을 잊을 수가 없다.

몰입은 대체로 종교의 경지에서 다뤄진다. 그것은 산스크리트어 '사마디'에서 온 '삼매(三昧)'와 통한다. 생각이나 감정의 구름을 밀어내고 오로지 지금에 집중하여 얻는 평온의 상태다.

도박판에 쭈그리고 앉아 사흘 밤낮을 버티는 이들이 충혈된 눈으로 조이는 화투짝이며, 골방에 들어앉아 가상현실의 게임에 빠져 지내는 이들이 빠지는 무아지경을 흔히 몰입이라고 둘러댄다. 그러나 그것은 무아지경이 아니라 돈과 탐심에 사로잡힌 집착의 또 다른 이름일 뿐이다. 몰입이란 수타니파타의 '그물에 걸리지 않는 바람같이, 물에 더럽혀지지 않는 연꽃같이' 나를 잊고, 욕심에 붙들리지 않고, 집착에서 벗어나는 시간이다. 그것은 잊음으로 모든 걸 기억하고, 벗어남으로 채우게 되는 경지다.

몰입은 유한한 존재가 비로소 시간의 족쇄에서 풀려나는 경계다. 여름 더위를 잊게 하는 건 냉방기나 선풍기가 아니다. 그것들은 또 다른 병폐를 일으켜 심신을 무겁게 한다. 번잡한 해수욕장이나 피서도 사람과 일정에 시달리게 한다. 이번 여름에 더위와 번잡함을 잊을 만치 무언가에 몰입하는 것은 어떠할까. 책이 없고, 낚싯대가 없고, 몰입하여 바라볼 사람이 없다고 변명하지 말라. 가장 서늘한 몰입은 자신을 향한 것이니, 그 우묵하고 깊은 눈길로 자신을 바라보라.

앞뒤를 가리지 말고, 물불을 잊고 그대를 이번 여름에 만나보는 것은 어떨까. 청량한 자신의 내면을 소요하다가 죽비 소리에 문득 깨어나는 여름은 생각만 해도 멋진 피서라 하겠다.

"늘 푸르러서 싫어!"

아 내의 말이다.

　　그녀는 늘 변함없이 그대로인 것을 견디지 못했다. 이런 아내를 8년쯤 꼬드겨 산골로 들어왔다. 벼르던 시골살이를 오롯이 즐기는 동안 서울내기 아내가 어떻게 지내는지는 미처 돌아보지 못했다. 아내도 나처럼 즐거워하리라 여겼다.

　　불당골에 들어온 지 얼마 되지 않았을 때였다. 자다 깨었는데 아내가 보이지 않았다. 창으로 내다보니, 휘영청 밝은 달빛 아래 아내가 마당에서 놀고 있었다. 그게 노는 것인지 정확하지는 않았다. 기다랗게 땋은 머리 꽁지를 바지랑대에 매달린 집게로 집고 바람에 흔들리는 빨래처럼 춤을 추었다. 혼자 추는 춤이 가슴 섬뜩하기도 하고, 무언가 애절하기도 하였다. 나중에 물으니, 심심해서 놀고 있었다고 했다.

그런 아내를 더 깊은 산골짜기로 데려왔다. 새집을 지으니 삼 년은 달밤에 춤을 추지 않았다. 삼 년의 세 곱이 지나자 또 밤에 아내가 사라졌다. 이번에는 춤을 추지 않고 차를 마시고 있었다. 달빛이 푸르게 물든 잣나무에 둘러싸인 마당에 앉아, 제자리에서 번쩍이는 별들을 째려보고 있었다.

아내는 변함없는 것을 용서할 수 없다고 한다. 그래서 겨울이 되어도 독야청청한 잣나무들을 아주 싫어했다. 숲이란 것이 바람이 불면 버석거리는 떡갈나무도 있어야 하고, 삼복더위에도 춥다고 부들부들 떠는 사시나무도 있어야 하고, 대문 앞에 걸어놓고 도깨비 막는 엄나무며, 나무즙 빨아먹고 자란 호랑나비 애벌레를 쪼아 먹은 새가 한나절 잠든다는 황벽나무며, 이런저런 나무들이 얼기설기 얽어져 산은 산대로, 숲은 숲대로 제멋대로 자라야 즐겁지 않겠느냐는 말이다.

한때 나라에서 나무를 심어 돈을 만들겠다고 동산의 애솔나무까지 베어내고, 오와 열을 맞추어 잣나무를 심어댔다. 잣이 열려 그걸 따는데, 품삯마저 안 나온다고 원숭이에게 대신 시키기도 했다. 몇 번 해보던 원숭이들이 손바닥에 붙은 송진만 뜯느라 일을 하지 않아 그도 실패했다. 이제나 저제나 말 많은 이들의 입을 한 번에 틀어막는 것이 '경제'란 말이다. 그 말을 앞세워 선진산림 경제림에 이산 저산 춘하 추동 온통 시퍼렇게 되었다.

나무도 나이를 먹는다. 한날한시에 우르르 달려들어 심고 기른 나무들도 수명이 있고 치명적인 병이 있다. 한꺼번에 명을 다하면 졸지에 온 나라의 산이 벌거벗을 판이다.

올해도 어김없이 주변의 잣나무들이 베어졌다. 벌써 몇 해째 이어 오는 작업이다.

솔잎혹파리가 번지면서 멀쩡한 소나무와 잣나무들이 무참히 잘려 나갔다. 요란한 엔진톱 소리가 이어지며 베어진 나무들이 산을 이루었다. 그리고 달포가 넘도록 베어진 나무들을 기계로 갈아 톱밥을 만들었다. 만들어진 톱밥은 며칠을 두고 불에 태웠다. 그곳을 지날 때마다 무참한 기분에 고개를 돌리게 된다.

인부들에게 물으니, 몇 해 가지 않아 산에 있는 잣나무들은 죄다 베어버리게 될 것이라고 한다. 한때 경제 수목을 심는다고 주변의 산마다 나무들을 베어 내고 심은 잣나무들이었다. 그 나무들을 베어내면 그야말로 민둥산이 되고 말 일이다.

『88만원 세대』라는 책에 보면 '다안성'이라는 말이 나온다. 다양성과 안전성이라는 뜻을 합쳐 새로 만든 말인 듯하다. 우선 다양성이라면 같지 않은 것들이 이리저리 떠들고, 다투고, 아우성치는 아수라장부터 떠올리는 우리네 버릇에 따르자면, 안전성과는 영 거리가 멀 듯하다. 그러나 변함없이 같은 나무로만 채워진 숲이 이런저런 잡목으로 어우러진 숲보다 안전하지 못하다는 걸 보면, 다양함이야말로 안전하다는 것에 고개를 끄덕이게 된다. 죽어도 함께 죽고, 살아도 함께 살자. 자주 듣던 말이지만, 왜 공멸해야 하나. 누군가는 살아남아야 하지 않겠는가. 따로 살고, 따로 죽는 게 올바른 이치이다.

여럿이 식당에 가서도 "뭘 먹겠느냐?" 물으며, 은근히 "한 가지로 통일하자"며 눈치 주는 풍토로 보면, 무엇이든 한 가지로 통일하는 것이 '국가안보, 총화단결, 승공통일'에도 좋다고 은근히 윽박지를 만하다.

그러나 앞으로는 이리저리 변해도 보고, 제멋대로 사분오열 달라져 보기도 해야 한다. 나무를 심건, 대운하를 파건 일제히 달려들어 한꺼번에 해치우는 버릇도 고치고, 이긴 사람이 한입에 털어 넣고, 먹다 먹다 게워 낼 지경에 흘려 줄 떡고물만 기다리며 입 벌리고 바라보는 짓도 하지 말아야 한다. 앞으로는 산에 나무를 심을 때, 이런저런 나무를

제멋대로 심도록 하자. 그리하여 산중에 사는 아녀자가
달밤에 빨랫줄에 머리 묶고 춤추게 하지 말자.

옹이

산 중에 들어와 도끼질을 배웠다.
영화에서 보면 "마님!" 어쩌고 하는 이는 보기
좋게 장작을 두 쪽으로 쩍쩍 갈라놓던데, 그게 쉬운 일이
아니었다. 도끼날이 빗나가거나, 엉뚱한 쪽을 쳐서 뒤에서
구경하던 가족들 머리 위로 장작이 날아가는 불상사도
있었다.

도끼를 고르는 안목도 생겼다. 날이 날카로우면 깊이
박히고, 너무 뭉툭하면 장작을 시원스레 쪼개지 못한다.
자루는 탄력이 좋은 물푸레나무가 좋고, 비를 맞혀도 안
되지만 지나치게 볕에 쪼여도 갈라지기 쉽다. 썩지 않을
정도로 적당히 물기가 있어야 부러지지 않는다.

도끼란 것이 자주 쓰는 것이 아니고, 광에 넣어 두었다가 겨울이 다가올 무렵에나 꺼내서 쓰게 된다. 낙엽송이 노랗게 물들 무렵이면 여름내 말려 두었던 통나무들을 쓰기 좋게 잘라 도끼로 팬다. 통나무는 속까지 잘 타지를 않아 두 쪽이나 네 쪽으로 갈라놓아야 한다.

도끼를 선물로 받았다. 여러 선물을 받아 보았지만 도끼는 처음이었다. 『얘들아, 우리 시골 가서 살자!』라는 책의 저자 이대철 님이 방문하며 가져온 도끼다. 연장에 일가견이 있는 그분의 말로는 도끼가 단순해 보여도 천차만별이라고 했다. 선물로 받은 도끼는 날도 적당하고, 무게나 자루의 길이도 맞춤하였다.

휘어진 나무를 쪼개는 일은 상당한 공력이 필요하다. 툭하면 튕겨 나가 헛손질을 하기 쉽다. 그날도 몇 차례 헛손질로 은근히 부아가 치밀어 올라 있었다. 화풀이라도 하듯 온 힘을 다해 장작을 내리쳤다. 쩍 소리 대신에 뚝 소리를 내며 도낏자루가 부러졌다. 도대체 무슨 나무인지 알고 싶어 들여다보니, 안에 옹골진 옹이가 들어박혀 있었다. 세상의 어떤 도끼든 와보라는 듯 옹이는 안찬 눈으로 내다보고 있었다.

옹이는 나뭇가지가 부러지며 생긴 상처라고 한다. 바람이 부러뜨리거나, 낫으로 베어내거나, 지나가는 멧돼지가 등을 긁던 일을 나무는 잊지 않고 몸으로 기억한다고 한다. 등걸이며, 굵고 곧은 가지에서 비죽이 내민 곁가지를 베어 내면 그 뿌리가 목심 깊이 박혀 끝내 사라지지 않고 옹이로 남는다. 그래서 나무를 켜 보면 그 나무가 살아온 과정이며, 나무가 겪은 고초를 짐작할 수 있다.

도끼도 쪼개지 못하는 옹이를 들여다보자면, 무엇이 이리 오랜 세월 동안 옹골지게 뭉쳐 있는지 혀를 차게 된다. 옹이 박힌 나무를 난로 속에 넣으면 불도 쉽게 그것을 태우지 못한다. 끈질기게 타오르며 탁탁 소리를 내며 불꽃을 일으키는 옹이는 마치 가슴에 품은 한을 하소연하듯, 이글거리는 불빛으로 타오른다.


사람 가슴에도 그런 옹이들이 있다.

어디에 내어놓고 하소연도 못 한 채, 가슴에 단단한 옹이를 서너 개씩 박고 모진 세월을 살아온 이들이 한둘이겠는가. 근대사를 돌아보더라도 제주에서 여수, 순천, 노근리에서 거창, 광주에 이르기까지 으슥한 골짜기마다 옹이 박힌 가슴들이 묻혀 있다. 보듬고 다독여도 쉽게 풀리지 않을 옹이들을 들어내자는 소리가 한때 있었다. 아마 그것이 티눈처럼 불편했을 것이다. 그러나 불편은 때로 훌륭한 스승이다. 응어리진 세월을 감쪽같이 도려내려 하는 것은 또 다른 옹이를 만드는 짓이다.

# 쥐에 관한 하나의 화두

시골에는 쥐가 많다.

손가락만 한 생쥐부터 고구마만 한 시궁쥐, 옥수수가 익기도 전에 갉아대는 들쥐며, 밭두렁을 파헤치는 두더지며, 기둥에 매달아 놓은 우체통에 거처하는 다람쥐, 연탄창고에 거꾸로 매달려 있던 박쥐까지 참 다양한 쥐들이 살고 있다. 아무리 『혼자만 잘살믄 무슨 재민겨』란 책에 공감한다 해도, 쥐와의 동거는 참으로 불편하다.

사람마다 무서워하는 것이 다르다.

개인적으로는 뱀보다 쥐가 더 무섭다. 이웃에 사는 후배가 집 주변의 돌담에서 뱀이 나왔다고 얼굴이 허옇게 되어 달려왔을 때만 해도 '참, 야단스럽다'고 웃으며 출장 서비스를 나간 적이 있다. 그리고 운수리에 사는 이웃이 잔디밭에 돌아다니는 뱀 때문에 다시 서울로 돌아가고 싶다는 말을 들었을 때도 시골은 여러 생명이 함께 어울려 사는 곳이라고 타이르기도 했다.

실제로 뱀을 가까이 만난 적도 있다. 풀밭에 세워 놓은 차의 문을 무심코 여는데, 창문 틈에 누르스름한 끈 같은 게 끼어 있었다. 손으로 집어내려는데 꿈틀하고 움직였다. 가만히 보니 차창 틈새에 기다란 뱀이 들어 있었다. 나뭇가지로 건져 내려 하자 뱀도 놀랐는지 공중으로 몸을 던져 날았다. 뱀이 날아다닌다는 걸 눈앞에서 목격한 순간이었다. 그 후로도 이따금 마당에서 뱀과 마주쳤다. 질겁하여 달아나는 뱀을 보며, 얼마나 놀랐을까 싶어 걱정까지 해 주었다.

뱀에게는 너그러웠지만, 쥐는 그렇지 못했다. 차별이라고 쥐가 항의해도 어쩔 수가 없다. 쥐를 싫어하는 것은 나만이 아닌 듯하다. 악명 높은 뉴욕의 갱들 가운데, 살아 있는 쥐의 머리를 물어뜯는다는 '키트 번스'를 사람들은 가장 무서워했다고 한다.

불행하게도 쥐를 잡는 일은 언제나 내 몫이었다. 가족들에게 나는 '마우스 헌터'로 불린다. 아무리 아내가 환호하고 박수를 쳐 주어도 솔직히 나도 쥐를 잡는 일을 하고 싶지 않다. 선잠이 깬 아내가 부엌의 바닥에 엎드린 '검은 양말'을 밟았다가 인류 사상 최대의 비명을 지른 날도 나는 그 '검은 양말'을 잡아야 했다. 다급한 마음에 집어 든 것이 죽비였다. 그걸로 구석에 웅크린 '검은 양말'을 가격하는 데 성공했지만 정말 쓰러진 쥐를 마주보기가 싫었다. 죽비에게도 미안하고, 단잠을 자다 죽비를 맞은 쥐에게도 미안한 일이다.

그 일이 있고서 아내는 아파트로 이사를 가자고 졸랐다. 친구에게 들었다는 이야기에 따르자면, 아파트 쥐들은 오층 이상에서는 살지 않는다고 했다. 나는 아파트 쥐들은 승강기를 타고 다닌다며 둘러댔다.

밭이나 산에서 즐겁게 뛰어놀던 쥐들은 겨울이 가까워지면 온기를 찾아 집으로 들어온다. 집 주변의 틈새를 아무리 막아도 쥐는 연기처럼 스며들었다. 건강한 생태 환경과 생명의 소중함에 대해 이야기를 하면서도 나는 쥐에 대해서만은 너그러운 동반자가 되기 어렵다. 그 반짝거리는 눈을 마주치고, 기다란 꼬리의 움직임을 대하는 순간 두 다리에 힘이 빠지며 스르르 주저앉을 상태가 되었다. 쥐가 방 안으로 들어오면 그날부터 공황 상태에 빠진다. 자다 말고 일어나 고양이 울음을 내어보고, 방안의 가구 밑을 총채로 쑤시고, 벽을 두드리고, 침대를 들어 올려 보지만 쥐의 종적은

묘연하다. 그러다가도 까무룩 잠이 들 만하면 어디선가 부스럭거리는 소리가 들려온다.

지인의 말로는, 쥐도 황토방을 선호한다고 했다. 시멘트로 지은 안채에는 얼씬도 않는 쥐가 황토로 지은 사랑채에는 어떻게든 기어든다고 했다. 더 기가 막힌 것은 찬장에 넣어 둔 과자 중에 시중에서 파는 것은 거들떠도 안 보고, 우리 밀로 만든 유기농 과자만 갉아먹는다고 했다.

그러던 어느 날이었다. 마당에 세워둔 차를 타려는데 대추씨 같은 게 바닥에 떨어져 있었다. 손으로 집어서 보니, 쥐똥이었다. 입에 넣어 씹어보지 않은 것이 천만다행이었다. 자세히 살펴보니, 차 바닥의 매트에 쥐똥이 여기저기 쌓여 있었다.

그 까만 콩 같은 물질을 보며 공황 상태에 빠졌다. 차 안에 쥐똥이 있다면, 그걸 배출한 주인공이 차 안에 들어왔다는 말이었다. 찜찜한 기분으로 운전을 하면서도 발밑으로 쥐가 기어 다니는 상황을 상상하자, 온몸에 소름이 돋았다.

파리 잡다가 교통사고로 목숨을 잃었다는 외신을 본 적은 있지만, 발밑에 기어 다니는 쥐를 본다면 그런 사고가 날 수밖에 없을 듯했다. 사람에게는 자기가 믿고 싶은 것만을 믿는 선택적 사고라는 편리한 기능이 있었다. 깔개를 세척할 때 마당에서 묻어왔거나, 신발에 묻은 것이 떨어졌을 것이라고 생각했다.

이튿날, 차에는 쥐똥이 다시 놓여 있었다. 이번에는 앞자리 양편 깔개에 골고루 볼일을 보았다. 차 바닥을 '쥐 잡듯' 뒤졌다. 불확실한 것만큼 불안한 것이 있을까. 그러고도 마음이 놓이지 않아 차 뚜껑을 열고, 엔진룸을 뒤져 보았다. 놀랍게도 차 엔진 옆의 공간에도 쥐똥이 소복하게 쌓여 있었다.

문제는 명백해졌다. 날이 추워지면서 엔진의 열기에 이끌려 숨어든 쥐가 차 안까지 들어온 것이다. 그러고 보니 차 안에서 쥐 특유의 냄새가 나는 듯했다. 쥐가 밤에만 하숙생처럼 드나드는지, 무임승차하여 드라이브를 즐기고 있는지는 알 수가 없었다.

읍내의 카센터에 가서 상담을 했다. 이곳저곳을 살펴보고, 망치로 두드려 본 뒤에 카센터 직원은 귓속말로 '끈끈이' 라는 처방을 내려주었다. 차 안의 쥐가 들을 수 있다며 그는 귀를 대어도 겨우 들릴 소리로 극비 사실을 전해 주었다.

그가 시키는 대로 나는 곧바로 동네 약국으로 달려갔다. '어디 아프세요?'라며 묻는 약사에게 귓속말로 '끈끈이'를 주문했다.

해가 질 무렵이 되어 은밀히 차 안에 '끈끈이'를 깔아두었다.

　이튿날, 차의 문을 열러 나간 것은 '마우스 헌터'라는 별명을 지닌 나일 수밖에 없었다. 엄두가 나지 않아 단잠을 자는 아들을 깨워 동행했다. 뒤로 물러서는 아들의 등을 떠밀어 차 문을 조심스럽게 열었다. 조수석 쪽에는 별일이 없었다. 그런데 운전석 쪽 바닥에 깔아두었던 '끈끈이'가 뒤집혀 있다. 저절로 오므라든 것인지, 쥐가 걸린 것인지 확인을 해야 했다. 운전석 쪽 문을 열고 오므라든 '끈끈이'를 뒤집는 순간, 쥐의 작고 반짝거리는 눈과 마주쳤다. 아악! 나는 온몸이 얼어붙은 채 비명을 질렀다. 쥐도 몹시 놀란 눈치였다. 서로 등을 떠민 끝에 '부자유친'의 아름다운 계율에 따라 아들이 사태를 수습했다.

　죽비로 맞은 쥐가 생각난다. 혼절한 채 찬바람 부는 밖으로 쫓겨난 쥐는 어떻게 되었을까. 머리를 깎고 어느 선방에 앉아, 자신의 머리를 죽비로 내리친 인간을 화두로 삼아 선정에 들었을까. 쥐도 사람을 무서워하고, 싫어할지 모른다는 생각이 죽비처럼 찾아든다. 그러나 이런 모든 말들과 깨우침과 선정과 해탈에도 불구하고, 나는 쥐가 싫다. 쥐도 나를 싫어하기 바란다.

# 시무나무에 새긴 세월

마을회관 앞에는 오래된 시무나무가 서 있다. 당산목인 이 나무 앞에는 수령 오백 년을 알리는 표지판이 붙어 있다. 마석 읍내로 장을 보러 가는 장꾼들에게 길을 짚어주는 이정표 노릇을 했던 나무라는 말도 있다. 삼각골은 철마산 골짜기에 들어앉아 있는 산간마을인데, 주로 산판을 벌여 북한강으로 뗏목을 띄우던 곳이라 한다. 오래된 나무들은 그 바람에 다 베어나가고 지금 마을 주변의 산에는 70년대에 인공으로 조림한 잣나무만 들어서 있다. 그런 중에도 마을 입구의 개울가에 붙어 서서 오백 년을 지켜낸 시무나무는 대견하다.

느릅나뭇과에 속하는 시무나무는 스무나무라고도 불린

다. 가지에는 뾰족한 가시가 달려 있는데, 거기에 한 번 찔리면 스무 날을 아프다고 해서 스무나무라고 한다는 설도 있고, 예전에 이정표 삼아 오리마다 오리나무를 심고, 이십 리마다 스무나무를 심어 일명 스무나무(二十里木)라는 설도 있다. 잎이 촘촘하여 그악스러운 여름 볕도 한 줄기리 스며들 틈이 없어 그늘이 시원하다. 여름이면 마을 사람들이 그 아래 모여 땀을 식히는 정자목이 될 만하다.

마을의 시무나무는 강산이 변한다는 십 년을 오십 번이나 넘겨온 고목답게 병이 들고 부실한 흔적이 여기저기 눈에 띈다. 그 오래된 나무를 보면 참으로 그가 겪었을 세월의 연고와 풍상이 경외스럽기만 하다. 한때는 오랜 군인 생활로 새벽잠이 없던 나라의 지도자가 아침마다 농민들을 들깨우던 확성기가 매달리기도 했던 시무나무의 등걸은 어느결에 가운데가 썩어 비고, 여기저기 부러진 가지와 몸통의 상처들이 험한 세월의 흔적들을 고스란히 담아내고 있다.

얼마 전 동유럽 여행을 다녀왔다. 한때는 유고슬라비아 연방으로 불리던 보스니아와 크로아티아 등지를 돌아보며, 그 아름답고 평화스러운 마을들의 분위기에 매료되었다. 그런데 그 평화스러운 농가의 벽에는 수십 년 전에 있었던 내전의 탄흔들이 흉터처럼 남아 있었다.

피터 마쓰의 『네 이웃을 사랑하라』라는 책에 보면 발칸반도에서 있었던 내전의 참혹한 상처들이 생생히 기록되어 있다. 그 책에 따르면, 불과 한 달 전까지만 해도 함께 술을 마시고, 이야기를 나누던 보스니아의 무슬림과 세르비아의 기독교인 이웃들이 정치적 야욕에 의해 무참히 죽이고, 가족이 보는 가운데서 강간하며, 삶의 터전을 송두리째 빼앗아 버리는 야만적 행위를 벌였다. 얼마 전까지 함께 둘러앉아 보던 소니 텔레비전이 놓여 있는 거실 안에서 그런 짓이 자행되었다는 사실에 경악을 금할 수가 없다. 차마 인용하기도 거북할 정도의 끔찍한 살육과 폭력의 이 내전에 대해 세계의 지성들은 크나큰 충격을 받았다고 한다. '20세기 유럽—야만의 기록'이라는 부제가 암시하듯이, 중세의 마녀사냥이나 고대 야만의 시대에나 있을 법한 살육과 강간의 참상이, 첨단 문명을 자랑하는 현대에 유럽의 한복판에서 벌어진 이유를 고민하였다. 그리고 보스니아가 당한 참혹한 살육에는 세르비아가 겪었던 참혹한 과거의 원한이 잠복해 있었다는 사실에 주목했다.

역사에는 무임승차가 없다. 유고슬라비아 연방이라는 정치적 국가체제에 얼버무리고 뭉뚱그려졌던 지난날의 상처가 불쑥 도지며 피 묻은 손으로 청구서를 내민 것이다.

발칸에서 있었던 끔찍한 내전의 참극은 성찰이 없는

역사에 화해란 없다는 사실을 새삼 절감하게 한다. 그 끔찍한 일이 어찌 발칸의 비극뿐이겠는가. 후미진 골짜기마다 원혼들이 묻혀 있다는 이 나라에서 정권이 바뀔 때마다 화해니, 통합이라는 미사여구로 얼버무린 채 지난날의 상처들을 덮어두기 바빴다. 오욕의 일제 강점기와 동족상잔의 남북 대결, 거창에서, 제주에서, 가깝게는 광주에서 있었던 갈등과 상처들을 얼마나 성찰하고 진정성 있게 통회하였는지 묻지 않을 수 없다.

나무는 정직하다. 얼핏 보면 저절로 자란 듯싶지만, 나무는 제 곁을 지나는 바람 한 올마저 허투루 흘려보내지 않는다고 한다. 사람의 낫질이며 들짐승의 흔적까지 고스란히 제 몸에 새겨 둔다고 한다. 세찬 바람이 부러뜨린 가지에는 옹이가 박히고, 멧돼지가 등을 문지른 줄기에는 거칠한 수피를 남기고, 철없는 아이들이 매달려 놀던 가지는 구부정히 굽은 채로 살아간다. 오래된 나무를 찬찬히 들여다보면 그 나무가 겪은 세월의 사연들을 고스란히 읽을 수 있다고 한다. 사람들이 제게 편리한 대로, 제게 이로운 대로 끼적여대는 역사라는 문자의 기록보다 얼마나 진솔한 세월의 백서인가.

오래된 나무의 아름다움은 유장함 그 자체보다는, 그가 겪었을 세월의 풍상을 이겨낸 의연함에 있다 하겠다. 어찌

보면 나무는 옹이와 상처가 많을수록 그것을 이겨낸 연륜의 깊이가 주는 감동이 크다 하겠다.

역사라는 것도 평탄하고 무탈한 것만이 찬양할 일이 아닐 것이다. 외려 험하고 때로는 부끄러운 시행착오의 어지러운 걸음들을 오롯이 새긴 채 의연히 설수록 당당한 아름다움을 지니게 되는 것은 아닐까. 교과서 몇 줄 고쳐 쓴다고 덮이는 게 역사라고 믿는 이들에게, 오래된 삼각골의 시무나무를 와서 보기를 권면한다. 그 나무에 패인 깊은 상처와 부러진 가지들이 늘어뜨린 그늘에 기대어, 아프고 부끄러운 자신의 역사부터 스스로 새겨보는 것이 화해와 통합의 첫걸음임을 오백 년의 시무나무가 들려줄 것이다.

# 세 알 의 콩

마당에 내려앉는 꽃잎만 들여다보다가 밀린 밭일을 서두른다.

남의 밭에 쑥쑥 비어져 나온 옥수수며 고구마 순을 보고서야 허둥지둥 밭이랑에 콩을 놓는다. 게으른 농사꾼에겐 콩이 제격이라지만 워낙 콩밥 먹기를 싫어하는 탓에 썩 내키지는 않는다. 범 같은 아내가 콩을 좋아하는 바람에 마지못해 심을 뿐이다.

땡볕에 구시렁거리며 콩을 심는데, 호두나무 가지에 앉아 있던 멧비둘기가 빤히 내려다본다. 눈이 마주치자 딴전을 부리는 품이 의뭉스럽기 짝이 없다. 돌이라도 던져주려다가 콩은 세 알씩 심는다는 말에 참는다.

한 알은 벌레, 한 알은 새, 한 알이 비로소 사람 입에 들어올 몫이라 한다. 좋은 말이긴 한데 요즘 벌레나 새들이 교양 있게 제 몫만 파먹느냔 말이다. 세 알이 아니라 네 알을 심고, 그 위에 비닐을 꽁꽁 덮어 두어도 뀅이며, 비둘기란 놈들은 귀신같이 파먹는다. 쏙쏙 파먹는 것으로도 모자라 비닐까지 발기발기 찢어 놓는다. 찢어진 비닐을 걷어내고 땡볕에 다시 콩을 심다 보면 한 알이 아니라 쭉정이 반 톨도 나눠 주고 싶지 않다.

고추 연작에 행여 탄저병이 올까 무서워 여름내 뜯어먹을 푸성귀도 심고 간식거리로 참외며 오이까지 심고는 그루가 심심해 다시 콩을 놓게 된 것이다. 아무래도 곁눈질하던 비둘기가 신경 쓰여 외막에 허수아비 삼아 비닐 조각을 매달아 놓는다. 바람이 불 때마다 너풀거리는 비닐 조각에 놀라 새들이 달아나기를 기대해 본다. 그악스러운 요즘 새들이 비닐 쪼가리를 두려워할 리가 없다. 화약 냄새를 풍기며 쿵쿵 쏘아대는 딱총에도 콧방귀만 뀌어대고, 허수아비 머리 위에 물똥이나 찍찍 갈겨대는 새들이다. 새들이 그리 영악스럽고 그악스러워진 것도 따지고 보면 순전히 사람 탓이다.

콩 몇 알 묻는 것도 비닐로 꽁꽁 덮어 놓고, 밭이며 논이며 뽀얗게 농약으로 뒤발을 해서 새들이 배를 채울 메뚜기나

벌레들의 씨를 말린 것도 사람 짓이 아닌가. 풀들이 더부룩
하던 밭둑에 제초제를 뿌려 아스팔트 길바닥처럼 만들어
놓으니 어디 낟알 한 톨이 허투루 떨어져 있겠는가. 굶어
죽으나, 맞아 죽으나 먹다 죽는 게 행복이라고 콩밭을 만나
면 벌레며 사람까지 챙길 겨를이 있을 리 없다. 이 모두
그악스러운 사람 탓이라 여기니 원망할 수도 없다.

지나는 바람에 혼자서 너풀대는 비닐 쪼가리를 바라보자
니, 몽골의 오워(Ovoo)에 매달려 있던 하닥이라는 푸른
천을 닮았다. 고비를 지나는 여행자나 목동들이 무사 안녕
과 소원을 거기 매달아 하늘에 빌었다는 천 조각이다. 지을
수록 빚만 는다는 농사를 폐하지 않고 여전히 밭을 일구고,
씨를 묻는 것은 그렇게 하늘에 바람을 매다는 것이 아니겠는
가. 자동차와 휴대폰을 팔아 쌀이며 채소를 사다 먹으면
된다는 장사꾼들의 가슴으로는 헤아릴 수 없는 바람이
그 안에 있는 것이다. 농사는 그저 씨를 묻어 곡식을 거두고
배를 채우는 일만은 아닌 것이다. 논밭 팔아 가르친 자식
덕에 아파트에 갇혀 지내게 된 노인들이 봄만 되면 서랍에
꿍쳐 두었던 옥수수 알갱이를 화단에 묻고, 베란다 화분에
상추라도 기어이 심는 것은 종교에 가깝다. 변두리 아파트
부근 공터에는 어김없이 조각보처럼 알록달록한 밭들이
일구어지고, 무언가 씨를 묻는 이들의 심경은 장사꾼들의

계산기로는 도무지 환산이 되지 않는다.

밭에 씨를 묻는 것은 희망을 심는 것이라 한다.

제대로 된 농부라면 밭에 씨를 묻을 때 벌레가 갉아 먹을까, 새가 주워 먹을까 그런 걱정은 하지 않는다. 밭에 씨를 묻는 날이 거두는 날보다 더욱 배가 불러오는 까닭이 거기에 있는 법이다.

## 아프리카 버스

물 골은 물도 많고 골짜기도 많다.

800미터급의 축령산을 중심으로 서리산, 오득산, 철마산, 천마산, 주금산 등으로 둘러싸인 분지다 보니, 산마다 물을 내어 구운천으로 모여 흐른다.

지금은 물골이라고 묶어 불리는 면 단위 마을이지만, 원래는 구운천을 사이에 두고, 가평과 양주의 두 고을로 나뉘어 살던 마을이다.

구운천을 곁에 두고 차가 다니는 큰길이 있지만 마을들은 산의 골마다 깊이 들어앉아 있다. 수자골, 불당골, 삼각골, 전지라골, 물막골이라는 이름만 들어도 그 깊숙함을 짐작할 수 있지 않은가. 물이 시작되는 골에 터를 잡고 화전을 일구며 살던 이들이 모인 마을이니 그 깊숙함이야 뭐라 할 게 없지만 읍내서 드나드는 버스회사로 치자면 참 생기는 것 없이 분주하고 고달프기 짝이 없는 일일 만하다. 겨우 차 한 대 드나드는 골짜기 마을마다 경운기며, 느닷없이 뛰어드는 강아지를 피해 가면서 한 바퀴 둘러 나가다가는 한나절이 걸릴 판이다. 궁여지책으로 마을마다 버스를 나누어 운행하느라 드문드문 드나들 수밖에 없다.

마을에는 하루에 세 번씩 버스가 드나든다.

주로 아이들이 학교를 오가는 조석으로 두 번, 그 새에 끼니 맞추어 한 번 다닌다. 그 버스를 처음 타던 때의 일이다. 종점 격인 마을회관 앞에서 출발한 버스가 마을을 미처 빠져나가기도 전에 길가의 어느 집에 멈추더니 운전사가 그 집으로 들어간다. 아무런 설명도 없이 무려 삼십 분이 넘어서야 바랭이 줄기로 이를 쑤시며 버스에 오른다. 동네 사람들에게 물으니 운전사가 제집에서 밥을 먹고 온다는 것이었다.

이 이야기를 누군가에게 했더니 아프리카에서 사느냐고 물었다. 아프리카가 어떤 곳인지는 모르겠지만, 그곳은 아마 운전사가 제집에 버스를 세워 놓고 밥을 먹고 오는 곳인가 보다. 아니면 버스가 가다 멈추면 강아지가 배탈이 났다는 이야기를 주고받으며 태연히 운전사를 기다리는 사람들이 모여 사는 곳인지도 모르겠다.

읍내에는 정류장마다 어느 버스가 어디를 지나고 있는지 붉은 글씨로 번쩍거리며 알려준다. 기다리는 버스가 지금쯤 어디를 굴러가고 있으며, 언제쯤 올 것인지 시시각각 전광판으로 일러준다. 운전사가 그날 밥을 얼마큼 먹느냐에 따라 달라지는 우리 동네 버스와는 유가 다르다. 읍내까지 자동차로 걸리는 시간만 생각했던 사람이라면 당황하지 않을 수 없는 일이다. 운전사가 밥 먹으러 가는 동안 천국처럼 조용해진 버스 안에서 어쩔 줄을 모를 것이다. 나도 그랬다.

내가 무어라 불평을 하자, 버스 안에 앉아 있던 마을 노인이 태연히 이리 말했다.

"운전사두 밥은 먹구 댕겨야지."

다 먹고 살자고 하는 일인데, 잠깐 제집에서 아침밥 챙겨 먹고 오는 게 당연한 일 아니냐는 말씀이다.

그런데 혼자서 안절부절못하던 나를 오히려 이상한 눈으로 바라보던 마을 사람들의 여유는 어디서 온 것일까. 가만히 돌아보니 그다지 낯설지는 않다. 예전에 할머니가 장에 가려면 석유 됫병 하나 담은 망태기를 들고 언제 올지 모르는 버스를 기다리느라 아침부터 신작로에 나가 기다리던 모습을 닮지 않았던가. 버스를 기다리며 신작로 바닥의

질경이도 뜯고, 포플러 그늘 아래 앉아 토끼풀로 반지도 엮던 할머니의 여유를 오랜만에 다시 만났다.

사람의 마음이라는 것이 타고 다니는 속도와 비례해서 바빠지게 마련이다. 걸어서 한나절이 걸리던 읍내 길이 자동차로 삼십 분이면 나가게 되었지만 막상 마음은 더 바빠지고, 여유는 더 없어졌다. 여전히 걷거나, 자전거를 타고 읍내를 드나드는 이웃들은 멀리서 봐도 걸음부터 여유롭다. 지나가다 인사라도 건네면 오는 말이 최소 삼십 분을 넘는다. 의례적인 안부를 묻고, 몇 번의 군소리를 섞어가며 날씨와 농사 이야기를 하고, '근데 말입니다'로 시작되는 본론을 꺼내 놓았다.

뒤에서 차가 기다리거나, 상대의 급한 사정에는 관심이 없었다. 그런 일이 잦다 보니 길에서 마주쳐도 차창을 내려 꾸벅 절을 하고 쏜살같이 지나치게 되었다. 고개를 숙이기 무섭게 달려간 차 뒤로, 정중히 허리를 굽혀 인사를 하는 동네 사람의 모습이 후사경에 슬로 모션으로 들어왔다.

가만히 지켜보면 동네 사람들의 대화법이 다 그러했다. 지나가는 차창에 팔을 기댄 채 뒤에서 기다리는 차는 눈 한번 주지 않고, 무엇이 그리 즐거운지 웃음을 터뜨리며 나누는 이야기는 마냥 이어졌다. 무슨 이야기인가 궁금하여 귀를 기울여 보면 별것도 아니었다. 누구네 할아버지가

119에 전화를 걸어 비료 신청을 했다거나, 까마귀들이 꼭 맛있는 배만 골라 찍어 먹어 얄미워 죽겠다는 이야기 같은 것들이었다.

그런 이웃에게 콩을 언제 심느냐고 묻는다.

"콩이야 뻐꾸기 울 때 심어야지."

그 뻐꾸기가 도대체 몇 월 며칠 몇 시에 운단 말인가. 그래도 이웃은 그 아버지의 아버지의 한참 할아버지가 백제 시절부터 부쳐 먹던 비탈밭에서 여전히 콩을 잘 심어 먹고 있다. 서두를 일이 아니다. 버스 운전사건 읍내 나가는 장꾼이건 사람이 밥은 먹어야 살지 않겠는가. 때가 되면 잠시 버스를 문 앞에 세워 놓고 집에 들어가 상추쌈에 매운 고추 찍어 먹고 오는 운전사와, 또 좌석 뒤로 고개를 돌리고 마냥 이야기꽃을 피우며 그를 기다리는 이웃들이 그립다. 아프리카가 아니더라도 그런 곳이야말로 사람 사는 세상 아니겠는가.

# 은행나무 도끼

**집** 가까이에 은행나무 두 그루가 있었다.

가을이 오고 가는 것을 그처럼 눈부시게 보여주는 나무가 있을까. 세상의 어떤 물감이 그런 눈부신 황색을 만들어 낼 수 있을까.

산모롱이를 돌면 집보다 먼저 눈에 띄는 것이 은행나무였다.

자지러지게 노랗던 은행잎이 밤새 내린 무서리에 하염없이 떨어졌다. 잎이 떠난 자리에 은행 열매들이 앙상히 매달려 있다.

은행을 털어야 할 때이다. 눈으로는 그리 말하지만 손이 움직이지 않는다. 손질한 은행만 구워 먹어본 이들은 알지 못할 것이다.

은행의 과육을 손질하는 게 여간 성가시고, 고역스러운 일이 아니다. 곱게 물든 잎에 비해 그 열매가 풍기는 악취는 고약하기 짝이 없다. 주워 모은 은행 열매를 물에 불려 돌이나 모래에 비벼 껍질을 벗기는 동안 온몸에 그 고약한 냄새가 밴다.

게으른 주인을 탓하듯 은행은 마당의 여기저기에 열매를 떨군다. 돌로 비벼도 벗겨지지 않던 은행 열매들은 스스로 제 몸을 삭혀간다. 모르고 밟았다간 미끄러지기 십상이다.

그런 나무를 두 그루나 가까이 두고 있으니 가을이 될 때마다 여간 곤혹스러운 게 아니다.

마침 비탈진 밭에 흙을 받게 되었다. 기울어진 밭이 평탄해지며 가장자리에 있던 은행나무 한 그루가 묻히게 되었다. 어떻게든 옮겨 보려고 했지만 굴삭기 기사는 허리까지 묻힌 나무는 살기 어렵다며 대뜸 나무의 허리를 굴삭기의 삽으로 부러뜨리고 만다. 비명을 지를 틈도 없이 은행나무는 쓰러졌다.

냄새나는 열매를 여기저기에 떨구는 은행나무가 성가시긴 했지만, 무참히 허리가 부러진 은행나무를 지켜보려니 마음이 무거웠다.

짝을 잃은 은행나무 한 그루도 쓸쓸해 보였다. 창을 열

때마다 허리가 부러진 채 밭 가장자리에 비스듬히 누워 있는 은행나무를 보는 것도 편치 않았다. 차라리 화목이라도 쓰려고 도끼를 들고 나섰다. 팽개쳐진 채 썩어갈 바에는 깔끔히 불에 태워지는 게 나을 법했다.

누워 있는 은행나무를 향해 도끼를 치켜들었다.

도끼 들어갑니다.

너무 공손한 탓일까. 텅! 소리를 내며 도끼가 튕겨 나간다. 몇 번 헛손질을 하고 나자 공손이고 뭐고 가릴 것 없이 있는 힘을 다해 내리쳤다. 그러나 가지는 꿈쩍도 않고 도낏자루가 뚝 부러졌다. 톱을 가져다가 잘라 보았다. 톱날이 들어가질 않는다. 은행나무가 그리 단단한 줄을 미처 몰랐다. 톱날만 무뎌지고 진도가 나지 않아 다시 도끼를 잡았다.

마침 손목만 한 굵기의 은행나무 가지가 있어, 그걸 도끼에 끼워 자루로 삼았다. 단단한 은행나무로 자루를 쓴 덕인지 꿈쩍도 않던 나뭇가지들이 잘려 나간다. 도낏자루는 질긴 물푸레나무를 많이 쓰지만, 은행나무도 훌륭히 도낏자루 감이라는 걸 알게 되었다.

한참 도끼질을 하는데, 문득 이게 할 짓이 아니라는 생각이 들었다. 아무리 말 못 하는 나무일망정 제 몸으로 자루를 삼아 제 몸을 찍어내게 하는 게 올바른 일인지 의문이 들었다. 결국 은행나무는 벋쳐 나온 가지 몇 개만 잘라내고,

나머지는 그대로 땅에 뉘어 두었다.

악덕 사장에게 시달리던 공원들을 위해 온갖 고초를 겪었다는 어느 목사가 이제는 권력 편에 서서 노동자들을 빨갱이로 몰아세우는 데 앞장선다는 글을 읽다 문득 그 은행나무가 생각났다.

높은 자리에 오르면, 지나온 처지를 까맣게 잊고, 뒤에 남아 고생하는 이들을 괴롭히는 일에 앞장서는 사람이 어디 한둘이겠는가. 노동운동하던 이가 노무 관계 일을 하면 더 악랄하게 노동자들을 닦아세우고, 교사 노릇을 하다 교장이나 장학관 자리에 오른 이들이 교사를 더 괴롭히고, 한때 민주화 운동을 했던 이들이 저와 제 동료들을 고문하던 자들과 한패가 되어 시시덕거리며 국회의원으로 행세하는 것이 어디 이야깃거리나 되던가. 염치는커녕 한때의 경험을 내세워 아랫사람들을 탄압하는 데 앞장서고, 한때는 제 편이었던 정적의 약점을 들춰내는 '저격수' 노릇을 즐기는 걸 보면, 한때는 한 몸이었던 은행나무가 도낏자루가 되어 제 몸을 찍어대는 모습과 다름없이 여겨졌다. 시집살이 고되게 한 며느리가 시어미 되면 시집살이를 가혹하게 시킨다는 말이 있다. 처지가 바뀌면 사람이든, 나무든 근본을 잊기 쉽다.

은행나무가 도끼에 끼워졌다 해서 도끼 나무가 되는

것은 아니다. 한 나무에서 잘려 나와도 어떤 가지는 도낏자루가 되고, 어떤 가지는 버팀목이 되어 바람에 흔들리는 나무를 붙들어 주니 그 쓰임에 따라 근본을 알게 될 것이다. 나무로 자라는 것도 중요하지만, 어떻게 쓰이느냐는 것도 그 못지않다.

밭 가장자리에 쓰러져 있던 은행나무가 문득 내게 물었다.

'네 도낏자루는 어디 있느냐?'

# 벚나무 장작

**밭** 언저리에 벚나무를 심었다. 읍내의 장터에서 손가락만 한 묘목을 사다 심었는데, 몇 해 가지 않아 꽃을 달기 시작했다.

그 가운데는 산벚나무도 한 그루 끼어 있었다. 자연스럽게 벚나무의 대열에 낀 산벚은 꽃이 화려하지는 않지만 왕벚들이 지고 난 뒤에 피어, 가는 봄날의 아쉬움을 달래주었다.

벚나무들 가운데 한 그루가 태풍에 쓰러졌다. 안쓰러운 마음에 들여다보니, 밑동을 묶은 비닐 끈에 옥죄인 부분이 부러진 것이다. 장터에서 파는 벚나무 묘목은 비닐로 뿌리를 묶어 놓는데 미처 그걸 풀어주지 못한 채 심은 것이다.

말 못 하는 나무는 전족처럼 밑동을 옥죄는 비닐 끈이 파고들어 깊은 홈이 패었다. 차꼬를 발에 찬 채 살아온 나무에게 너무 미안한 마음이 들었다.

봄이면 밭 언저리는 온통 벚꽃 천국이 된다. 해가 저물어도 밭은 흰 꽃들로 화사했다.

비극은 역시 사람에게서 왔다. 오미자를 심은 밭 주인이 손가락으로 짚어주는 대로 그것이 밭의 경계인 줄 알고 나무를 심은 것이다. 나중에 옆 땅의 주인이 산을 깎아 길을 내려고 측량을 하자 벚나무들이 걸렸다. 남의 땅에 걸쳐진 벚나무들은 졸지에 베어지고 말았다. 너무나 안타까워 아름드리 벚나무를 옮겨다 심을 사람을 찾았지만 아무도 나서지 않았다. 장비를 들여 파 옮기는 삯이 나뭇값보다 더 든다는 것이다. 결국 벚나무들은 내가 지켜보는 가운데 베어졌다. 가까스로 경계의 끝자락에 걸린 다섯 그루는 아슬아슬하게 살려내게 되었다.

도막이 난 채 쓰러진 벚나무 가지에서 순이 돋았다. 싹이 돋고 돌돌 말린 잎을 내미는 벚나무 도막이 가상하여 흙으로 묻어주었다. 한동안 새순을 벋어내던 벚나무는 오래가지 않아 말라 죽었다. 그래도 미련이 남아 몇 도막을 밭 가장자리에 묻었다. 어느 봄날, 문득 땅 위로 고개를 내밀고 흰 꽃들을 터뜨리기를 바란다.

베어낸 벗나무는 겨우내 방안을 덥혔다. 거실에 들여놓은 무쇠 난로에 벗나무 장작을 집어넣으며 봄날의 그 화사하던 꽃들을 생각했다. 창밖으로는 무심히 눈이 펑펑 내리고 있었다. 소리 없이 내리는 눈 속에서 벗나무 장작으로 찻물을 끓였다. 차에서 벚꽃 향기가 났다.

올해도 가까스로 살아난 벗나무들이 꽃을 피웠다. 동료들을 잃고 이가 빠진 듯 성근 꽃들을 피워냈다. 꽃이 떠나자 까만 버찌가 매달렸다. 나무 아래 떨어진 버찌를 입이 까맣도록 주워 먹었다.

# 연탄에게 묻는다

연탄재 함부로 발로 차지 마라
너는 누구에게 한 번이라도 뜨거운 사람이었느냐

안도현 시인의 「너에게 묻는다」라는 시다. 짧은 경구처럼 느껴지는 이 시가 대중적인 인기를 모았다. 하고 많은 자신의 '걸작' 가운데서도 하필이면 이 시로 대표되는 자신의 '처지'를 한탄하던 말을 들은 적이 있다. 안도현이라는 시인은 몰라도 '연탄재 시인'하면 고개를 끄덕이는 대중에 대한 서운함인지, 아니면 더 나은 절창을 몰라주는 독자들에 대한 아쉬움인지는 모르겠지만 겨울만 되면 여전히 이 시가 떠올랐다.

눈이 푸짐히 내린 날이면 그러했다. 밤까지 멀쩡하다가 소리 없이 '도둑눈'이 내린 날이면 더욱 그러했다. 넉가래 자루를 배에 대고 눈을 밀다가 돌멩이에 받혀 눈물이 찡하게 날 때, 찬바람에 쌓인 눈들이 꽁꽁 얼어붙어 엉덩방아를 찧을 때면 이 시가 생각났다.

밤새 내린 진눈깨비가 얼어붙으면 당장 출근하는 일이 걱정이다. 가파른 비탈을 내려가다가 차가 미끄러져 골짜기로 곤두박질칠 뻔한 적이 한두 번이 아니었다. 한번 미끄러진 차는 헛바퀴를 돌리며 앞으로 나가지를 못하는데, 흙이라도 퍼다 뿌리면 좋겠지만 삼동 겨울에 언 땅은 파지지도 않았다.

변두리의 산동네에서 어린 시절을 보낸 탓에 연탄은 낯설지 않다. 새끼줄로 꿴 연탄을 양손에 들고 나르다가 미끄러져 빈 새끼줄만 들고 집으로 돌아가던 무거운 걸음도 기억난다. 굵은 소금을 뿌려 연탄불에 구워 먹던 꽁치나 굴비의 맛도 잊을 수가 없다. 깨진 연탄은 버리는 것이 아니고 잘 모아 두었다가 징을 치며 '연탄 찍으~'하면서 나타나는 연탄 찍는 아저씨에게 맡겼다. 깨진 연탄을 물로 버무려 잘 이긴 후, 쇠틀에 넣고 떡메로 치면 말끔한 새 연탄으로 찍혀 나왔다.

연탄은 벌거숭이 산에 둘러싸인 서울 서민들에게 겨울

추위를 이겨내는 유일한 온기였다. 나무를 때던 아궁이에 화덕을 넣어 피운 연탄은 아랫목만 새카맣게 태웠다. 온 가족이 아랫목으로 모였다. 가족 간에 대화를 아니 할 수 없는 친가정적 난방이었다. 나중에 '네루'라 하여 온돌 깊숙이 연도를 만든 후에는 방바닥이 골고루 덥혀졌지만 이불속에서 꼼지락거리던 가족들의 발은 조금씩 멀어졌다.

겨울이면 김장배추를 들이고, 연탄을 광에 쌓느라 온 동네가 시커메졌다. 연탄 아궁이를 잘 들인 집은 아랫목이 절절 끓었지만, 창호지를 바른 장지문으로는 밖의 한기를 이겨내기 어려웠다. 그러다 보니, 방문에는 으레 담요나 이불을 덮어 외풍을 막았다. 그러면 방안이 한결 아늑해졌지만 밀폐된 방으로 스며든 연탄가스에 중독되어 병원으로 업혀 가는 사고가 종종 일어났다. 연탄가스 중독에는 동치미 국물이 특효로 여겨져 김장철에는 동치미를 가정상비약 삼아 담갔다.

아침이면 하얗게 된 연탄재가 대문 앞에 수북이 쌓였다. 그 연탄재는 아이들의 전쟁놀이에 '폭탄'으로 쓰이기도 하고, 눈이 오거나 길이 얼어붙으면 뿌리는 제설제 역할을 했다. 발로 밟으면 잘 부서지는 데다 푸석거리는 연탄재는 미끄럼을 방지해주는 데 특효였다.

천정부지로 치솟는 기름값을 감당하기 어려워, 연탄보일

러를 설치했다. 한 장에 삼백팔십 원 하는 연탄을 이천 장이나 광에 쌓아 놓으니 보기만 해도 따뜻했다. 온종일 방바닥이 따뜻하고, 온수를 쓸 때가 아니면 기름보일러를 작동시키지 않았다. 고유가 시대에 얼마나 훈훈한 일인가.

연탄 덕분에 난방비를 줄일 수는 있었지만 불편함도 없지 않았다. 하루에 두어 번씩 갈지 않으면 꺼져서 다시 불을 붙이려면 여간 애를 먹는 게 아니었다. 읍내에서 친구들을 만나 즐거운 시간을 보내다가도 먼저 자리에서 일어나야 했다. 연유를 묻는 친구들에게 이렇게 답하는 것도 생뚱맞았다.

"연탄 갈아야 돼."

예전의 단칸방이야 연탄 두어 장이면 온 가족이 따뜻하게 지냈지만, 물색없이 넓어진 방들을 데우려면 세 구멍에 세 장씩 아홉 장의 연탄을 하루에 두 차례나 갈아 넣어야 했다. 독한 연탄가스를 마시며 구멍을 맞추어 연탄을 갈아 넣는 일도 힘들지만, 연탄재를 치우는 일도 쉽지 않았다. 날이 추워지며 마당에 던져 놓은 연탄재는 며칠 가지 않아 꽁꽁 얼어붙었다. 날을 잡아 치우려 하지만, 얼어붙은 연탄재는 돌덩이같이 들러붙어 뗄 수가 없었다. 발로 차 봐야 아프기만 했다.

눈이라도 내리는 날이면 연탄재를 비탈길에 으깨어 놓아

야 했다. 얼어붙은 연탄재를 발로 차서 부수는 일은 여간 고역이 아니었다. 발목이 시큰거리도록 연탄재를 부술 때마다 안도현 시인의 시를 제 맘대로 바꿔 읊으며 투덜거렸다.

"연탄재 함부로 발로 차라

너는 누구에게 한 번이라도 눈길을 치워준 적이 있느냐."

**제 2 부**

산골 외딴집의 이웃들

# 숲의 이웃들

외딴집의 미덕은 자유였다.

산중 깊숙이 집을 짓고 살면서 팬티 바람으로 돌아다녀도 전혀 눈치 볼 이유가 없었다. 그렇게 몇 달을 지내는 동안 낯선 시선이 느껴졌다. 그 외진 숲에는 나만 사는 게 아니었다. 아침마다 개울에 물을 마시러 오는 눈이 빨간 토끼와, 현관문을 열다 부딪친 고라니와, 콩을 심을 때 전나무 가지에 앉아 곁눈질을 하는 산비둘기와, 빗물을 받아놓은 함지박에 찾아온 도롱뇽과, 고구마밭을 쟁기질해준 멧돼지와, 우체통에 들어가 앉아 있는 다람쥐와, 닭장을 소리 없이 드나드는 율무기와, 불을 끈 안방을 비행하던 반딧불이와, '롯데월드'에나 있는 줄 알던 꼬리가 알록달록

한 너구리와, 그야말로 저잣거리를 방불하게 할 만큼 숲은
이웃들로 벅적거렸다.

　그다음부터 팬티 차림으로 돌아다니지 않았다. 말하자면
이 글은 그런 이웃들과 함께 살았던 광대울에서 보낸 한철의
기록이다.

# 꽁지 빠진 닭

**불** 당골의 농가에는 마당이 있었다.
그리 넓지는 않았지만 바지랑대만 하릴없이 서 있는 마당이 허전했다. 그때 머릿속에 떠오르는 것이 닭이었다. 시골의 밤은 개가 지키면, 아침은 누가 지킬까. 닭이다.

시골−닭 = 라면−김치 = 짜장면−단무지

이 명제를 증명하기 위해서라도 나는 닭을 길러야만 했다.

시골의 하루는 닭의 울음소리로 시작된다. 아무리 나노 단위의 정확성을 지닌 전자시계가 난무하고, 펼치면 세계 각국의 시간이 한눈에 보이는 시대라 할지라도, 시골의 아침은 여전히 닭이 울어야 시작된다. 삑삑거리는 전자음보다 홰를 치며 우는 닭 울음소리에 눈을 뜨는 아침은 얼마나 상쾌한가. 마당에서 한가로이 노는 닭을 마루에 누워 나른한 눈으로 바라보는 것은 얼마나 평화로운가.

닭은 예부터 상서로운 동물로 알려져 왔다.

요즘은 조금 시들해졌지만, 피 묻은 입으로 머리를 풀고 나타나는 귀신이나 도깨비들은 하나같이 닭 울음소리에 분한 표정으로 달아나곤 했다. 닭이 귀신을 쫓는 것은 우리의 야담에만 등장하는 것이 아니다. 다리가 여덟 개나 되는 바실리스크라는 괴물도 수탉의 울음소리를 들으면 죽는다고 한다. 중세 유럽의 여행자들은 멀리 여행을 떠날 때면 수탉을 데리고 다녔다.

중국의 고대 설화에 따르면 황금 깃털을 가진 하늘닭이 등장한다. 하늘닭은 '오로라가 생기는 곳에서만 자라는 뽕나무에 둥지를 틀며, 다리가 세 개나 된다'는데, 하루에 세 번을 운다. 그 울음은 해의 움직임과 관련되어 있다. 이처럼 닭은 고래로부터 아침을 여는 파수병이며 가장 오래된 시계였다. 비록 황금 깃털은 아닐지라도 세상의 모든 닭들은 이 하늘닭의 후손이라고 한다.

닭은 고기가 귀하던 시절에 단백질의 공급원으로 집마다 길러졌다. '켄터키 프라이드치킨(KFC)' 할아버지가 상륙하면서 닭튀김 가게가 골목마다 자리를 차지하고, 치맥이 세계적인 관광 상품이 되었다. 사위가 오면 대접하는 별식도 씨암탉이었다.

시골에서 살아본 사람이라면, 닭이 개만큼이나 가까운 가족의 반려가 된다는 걸 알 것이다. 어둠을 밀어내고 아침을 알리는 그 청아한 울음소리에 잠이 깬 사람이라면, 봄날의 볕 바른 양지에서 종종거리는 병아리들을 거느리고 한가로이 마당을 거니는 닭들의 풍경을 본 사람이라면, 닭이 단백질 이상의 존재라는 걸 인정할 것이다.

그럼에도 불구하고 파충류나 벌레, 게나 설치류도 애완의 대상이 되지만 닭을 반려동물로 삼아 기르는 이들은 드물다. 너무 흔한 탓이다.

알아야 할 것은 모르고, 몰라도 되는 걸 아는 건 나의 약점이다. 닭에 관한 잡다한 지식에도 불구하고 나는 닭에 대해 모르는 게 너무 많았다.

닭은 그냥 자라는 줄 알았다. 달걀은 손님이 오면 밥상에 오르는 계란찜의 재료로만 알았다. 그 달걀에서 노란 털을 지닌 생명체가 태어나는 것은 경이에 가까웠다. 봄이면 교문 앞에서 병아리를 팔았다. 삐악거리는 그 노란 생명체를 사다가 집에서 길렀지만 대개는 슬픈 이별을 맞아야 했다. '날아라 병아리'란 노래를 부른 신해철 가수도 그런 슬픔을 겪었을 것이다. 운이 좋게 잘 기르는 경우도 있겠지만, 그 당시의 병아리들은 얼마 가지 않아 '아픔 없는 곳에서 하늘을 날고' 있어야 했다.

닭은 마당에 풀어 놓으면 두엄더미를 헤집거나, 풀을 쪼아 먹으며 자라는 줄 알았다. 비가 온다고 우산을 씌워 줄 일도 없고, 눈이 온다고 털옷을 입혀줄 리도 없었다. 닭은 알아서 자라고, 알아서 알을 낳고, 알은 알아서 병아리로 변신하는 줄 알았다.

잘 모를 때는 일단 장터로 달려가야 한다. 그곳에 가면 하늘을 날아다니는 양탄자나, 문지르면 거인이 펑 하는 연기와 함께 나타나는 주전자도 팔 것 같았다. 머리에 터번 대신에 LG트윈스 로고가 박힌 야구 모자를 쓴 닭장수님께 닭을 샀다. 님께서는 내게 닭을 잡아먹을 것이냐고 물었다. 그렇다고 하면 당장 닭의 목을 비틀 태세였다. 황급히 아니라고 손을 저었다. 집에서 기를 것이며, 아침마다 달걀을 잘 낳을 닭을 원한다고 했다. 님께서는 잠시 숙고하다가 엉덩이가 딱 바라진 암탉을 내밀었다. 아무리 생각해도 한 마리 가지고는 가족들이 일용할 달걀을 얻지 못할 듯했다. 다섯 마리를 사기로 했다. 달걀찜을 먹을 생각에 허둥지둥 집으로 떠나려는데, 수탉은 안 사느냐고 물었다. 달걀도 낳지 못하는 수탉도 닭인가. 이런 생각에 머뭇거리고 있자 님께서 병아리를 낳으려면 유정란이 있어야 한다고 했다.

그것은 아주 오래된 암수 사이의 거룩한 법칙이라고 일러주었다. 사랑이 없는 달걀은 생명이 없으며, 씨 없는 수박이라는 가르침에 나는 눈이 부리부리한 수탉 한 마리를 사지 아니할 수가 없었다.

밤새 비가 내렸다. 그리고 아침에 두 마리의 암탉이 '아픔 없는 곳'으로 떠난 걸 알게 되었다. 다음 장날, 닭장수님을 찾아가 항의를 했다. 이야기를 듣고 난 님께서는 닭장이 있느냐고 물었다. 나무 상자에 철망을 친 닭장이 있다고 자신 있게 말했다. 님께서는 딱하다는 듯이 혀를 차며 닭들이 비를 맞아 죽었다고 했다. '알아서 자라는' 줄로만 알았던 닭이 비를 맞으면 여름에도 저체온증으로 죽게 된다는 걸 몰랐다. 새로 두 마리의 암탉을 사고, 수탉도 한 마리를 추가로 더 샀다. 한여름에도 얼어 죽는 닭을 생각하니, 수탉이 갑자기 변을 당하면 집단 과부가 될 암탉들이 걱정되었기 때문이다.

추녀를 길게 달고 지붕에 각별하게 신경을 써 닭장을 새로 지었다. 닭들은 새집에서 탈 없이 잘 자랐다. 문제는 엉뚱한 데서 불거졌다. 암수의 성비가 문제가 되었다. 다섯 마리의 암탉을 놓고 수탉 두 마리의 싸움이 시작되었다.

눈만 뜨면 수탉들은 싸워댔다. 그건 거의 '일하며 싸우세'의 화신이었다. 꼬리털이 긴 짐승은 싸움이라는 '역사적 사명을 띠고 이 땅에 태어난' 존재들 같았다. 세상의 모든 싸움에는 승패가 있으니, 결국 한 마리가 며칠 동안의 싸움 끝에 승리를 거머쥐었다. 승자에게는 다섯 마리의 암탉이 돌아가고, 패자는 몽당비처럼 꼬리털이 빠진 초라한 몰골이 되었다. 수탉이 싸우는 장면을 지근거리에서 관전한 바에 따르면 수탉들은 볏을 쪼고, 상대의 꼬리털을 집중적으로 뽑아댔다. '꽁지 빠진 닭'이라는 말이 그냥 나온 게 아니었다. 꽁지가 없는 수탉은 수탉이 아니었다. 볼품이 없을뿐더러, 어느 암탉에게도 관심을 끌지 못했다. 그건 걸어 다니는 '씨 없는 수박'이었다. 얼씬거리면 승리한 수탉이 즉각 응징 하기 때문에 꽁지 빠진 수탉은 모이도 제대로 얻어먹지 못했다. 어쩌다가 틈을 살펴 다가가도 암탉들은 콧방귀를 뀌며, 샐쭉한 얼굴로 돌아섰다.

왕따가 된 꽁지 빠진 수탉의 신세는 처량하고 처량했다. 외톨이가 되어 겉도는 수탉의 신세가 딱했는지 아내가 따로 모이를 챙겨 주었다. 그 후로 꽁지 빠진 수탉은 아내만 따라다녔다.

어느 날, 손님들이 마당에 노니는 닭들을 보고, 토종닭 맛을 보고 싶다고 졸랐다. 아내는 그날 닭 한 마리를 잡아 밥상에 올려놓았다. 그건 아내가 불쌍하다고 다른 수탉이 달려들 때마다 발을 굴러 보호하고, 모이를 챙겨 주었던 꽁지 빠진 수탉이었다. 밥상에 오른 수탉은 당혹스러운 표정이 역력했다. 늘 모이를 주던 아내의 그 고마운 손이 자신의 목을 비틀리라고는 꿈에도 생각지 못한 얼굴이었다.

오늘의 교훈.

세상의 권리는 동정이 아니라 투쟁으로 얻어지는 것이다.

참고로, 닭은 사람과 달리 합법적으로 일부다처제이다. 한 마리의 수탉이 거느리는 암탉의 수는 열 마리 정도가 적정하다고 한다.

# 하늘로 날아간 거위

**서**울 변두리의 산동네에서 살 무렵이다.

거위를 기르는 집이 있었다. 학교를 가려면 반드시 그 집을 지나가야 하는데 그때마다 거위가 달려 나와 물어댔다. 아무리 발꿈치를 들고 걸어도 거위는 귀신같이 알고 달려 나와 엉덩이를 쪼아댔다. 두 날개를 펴고 꽥꽥거리며 달려드는 거위는 무섭기 짝이 없었다.

거위는 한동안 어린 시절의 추억을 지배하는 아이콘이었다. 비가 오는 날이면, 달리아 꽃잎을 부리에 물고 어정거리던 거위는 유년의 기억들을 명랑하게 만들었다. 『닐스의 이상한 여행』에 등장하는 모르텐처럼 거위는 유년의 상상력을 충전하는 대상이었다.

장에 가서 암컷 두 마리와 수컷 한 마리를 샀다. 새끼 거위는 껑충하게 목이 긴 게 조금 다를 뿐, 오리와 별 다를 바가 없었다. 그러나 자라면서 오리와는 확연하게 모습이 다르게 변했다. 어기적거리며 걷지도 않고, 아무 곳에나 똥을 내깔기지도 않았다. 마당에 풀어 놓으면 거위는 한가로이 돌아다니며 잡초들을 뜯어 먹었다. 언젠가는 독사를 잡아 놓았다. 아마 그 묵직한 부리로 쪼고, 노란 군화 같은 발로 밟아 잡은 모양이었다.

거위는 개보다 집을 잘 지킨다는 말이 있다. 어느 공장에 도둑이 자꾸 들어 맹견을 구해 두었더니 개도 훔쳐 갔다고 했다. 화가 난 주인이 거위를 수십 마리 사서 공장 안을 지키게 했다. 어느 날 아침에 주인은 전신주에 올라가 대롱대롱 매달려 있는 도둑을 보았다. 그 아래에는 수십 마리의 거위가 꺽꺽거리며 도둑을 노려보고 있었다 한다.

지봉유설(芝峯類說)에는 거위가 귀신을 막고, 도둑을 쫓으며, 뱀을 물리친다는 기록이 있다. 실제로 집에 가려면 산모롱이를 돌아서 고갯길을 한참 내려가야 하는데, 모롱이를 채 돌기도 전에 거위가 반기며 짖어댔다. 개는 사람의 모습이 보여야 경중거리며 반겼다.

난생처음으로 거위의 알을 보았다. 거위는 닭과 달리 봄철의 산란기에만 알을 낳았다. 거위는 짚으로 만들어준 보금자리에 들어가지 않고, 후미진 숲에 알을 낳았다. 잣나무 잎을 수북이 덮어둔 둥지 속의 알들은 달걀의 몇 곱은 될 정도로 컸다. 거위가 알을 품어 새끼를 부화시키기가 쉽지 않아 한 번도 새끼 거위를 얻지는 못했다. 그래도 알들을 품고 고군분투하는 거위의 모성은 갸륵했다. 매번 헛수고를 하는 거위가 안돼 보여 닭에게 품게 했지만 별 도움이 되지 않았다. 알이 커서 닭이 제대로 굴리지 못하기 때문이라고 한다.

아웃도어 붐이 일며, 거위는 난데없는 수난을 당했다. 등산복과 침낭에 불어닥친 거위 털(구스다운)의 열풍은 급기야 방한복이며 침구류에도 번져나갔다. 가슴 털이 지닌 보온성과 부드러움 때문에 거위는 끔찍한 고통을 겪어야 한다. 살아 있는 거위의 털을 뽑는 장면은 혐오스럽기조차 했다. 주기적으로 털을 뽑혀야 하는 거위의 고통은 산 채로 독수리에게 간을 쪼아 먹히던 프로메테우스의 그것이 아닐까 싶다.

거위의 수난은 화려한 식탁으로도 이어진다. 거위의 간으로 만든 푸아그라(foiegras)는 미식가들의 입소문을 타고 이 땅에도 전해 왔다. 프랑스 알자스 지방에서 시작된 이 해괴한 요리는 철갑상어 알인 캐비어, 트뤼프(송로버섯)와 더불어 서양의 3대 진미로 손꼽힌다.

이런 명성은 급기야 더 큰 간을 만들기 위해 산 거위의 목에 강제로 먹이를 밀어 넣게 했다. 거위는 정상적인 간보다 열 배나 크게 붓도록 어두운 우리에 갇혀 지내야 했다.

내 거위들도 온전치가 못했다.

암컷 두 마리가 목줄이 풀린 개에게 횡액을 당하고, 수컷 한 마리가 홀로 남게 되었다. 덩치가 있는 거위는 위급해도 닭처럼 날지를 못했다. 그저 날개를 펼치고 요란한 소리로 울어댈 뿐이었다.

거식이라 불리는 수컷 거위는 산등성이 넘어 집에 돌아올 때면 개보다 먼저 알아보고 꺽꺽거렸다. 그 풍모가 의젓한 데다 닭처럼 경망스럽지 않고, 오리처럼 너저분하지 않아 비가 오면 마당에 나가 몸을 씻고, 해가 저물 무렵이면 노을 지는 서산을 바라볼 줄 아는 풍류도 지녔다. 아내는 이런 거위를 '철학자'라고 불렀다.

거위는 야생의 개리를 길들였다는 말도 있고, 기러기를 그리했다는 말도 있다. 생물학적 분류로는 오리과에 속하지만, 그 거동이나 생김새로 보면 고니에 가깝다. 비록 날지는 못하지만, 그 우아한 자태는 백조급이다. 말하자면, 거위는 날개를 잃은 백조인지도 모른다.

거식이는 줄이 풀린 개가 달려들던 날에도 맹렬히 싸워 생명을 부지한 역전의 용사다. 낯선 사람이 나타나면 닭들을 뒤로 세우고 앞에 나서 날개를 펼치고 달려드는 의리도 지녔다. 개에게 물려 한쪽만 남은 날개를 퍼득이며 거식이는 여전히 위풍당당했다.

혼자 남은 거식이가 안쓰러워 한 마리 짝을 채워 주려 했는데, 읍내 어리장수도 매번 다음 장에 데려오겠다면서 약속을 지키지 못했다. 홀아비 신세로 지내던 거식이었지만, 오리나 닭들과 가벼이 어울리지 않고 산책을 즐기며 사색에 잠겨 지냈다. 그는 광대울 숲의 임마누엘 칸트였다.

그러던 거식이가 거시기했다.

밤늦게 집에 돌아오니 늘 들리던 거위 소리가 들리지 않았다. 며칠 전부터 날갯죽지 속에 고개를 묻고 꾸벅거려 몸이 좋지 않은가보다 여겼다.

날이 밝아도 거식이 뵈지 않았다. 조금 늦잠이라도 자는 날이면, 창 밑에서 꺽꺽거리며 잠을 깨우던 녀석이었다. 집 주변을 살피고, 산기슭을 샅샅이 뒤져 보아도 거식이는 흔적이 없다. 간밤에 무언가가 물어갔을까. 닭들도 멀쩡한데 덩치 큰 거위를 소리도 없이 물어 갈 짐승이 있을까 싶었다. 이따금 족제비나 오소리, 너구리가 눈에 띄었지만 그것들이 거위를 한입에 물어 갈 수는 없었다. 그러려면 온 동네에 한바탕 소동이 벌어져야 했다.

어디로 간 것일까.

거위의 나이를 헤아리니 여섯 살이 넘었다. 사십 년을 넘게 산 거위가 있다니 노령은 아니었다. 얼마 전부터 거위의 행동이 예사롭지 않기는 했다. 뜨거운 대낮에도 언덕에 올라서서 땡볕을 온종일 맞고 있다던가, 꾸벅꾸벅 선 채로 존다던가, 깊은 생각에 잠긴 듯 우두커니 먼 산을 바라보았다.

거식이는 그렇게 사라졌다. 도둑이 잡아갔을까. 아니면 꺼져가는 생명을 헤아리고 어디 깊은 산속에 들어가 하늘이 내려준 수명을 고요히 마무리했을까.

이따금 사라진 거위의 안부가 궁금했다. 그럴 때마다 서편 하늘을 물끄러미 바라보던 거위의 모습이 눈앞에 떠올랐다. 어쩌면 거위는 오랫동안 잊고 지내던 기억을 더듬어, 자신의 몸속에 깃든 새의 운명을 깨달았는지도 모른다. 가을이 되어 서쪽 하늘로 날아가는 철새들을 보고 접어 두었던 날개를 활짝 펴고 하늘로 비상하였는지도 모른다. 닐스를 태우고 기러기 떼를 따라 모르텐처럼 스웨덴으로 여행이라도 간 것일까.

어느 하늘을 날고 있을 거위가 눈앞에 그려진다.

반쯤 뜯긴 날개를 퍼덕이며 거위는 지금 어디를 날고 있을까. 이따금 하늘에 기역 자를 그리며 날아가는 철새들을 보면, 그 속에 끼어서 날고 있을 내 거위가 있을 듯하여 고개를 꺾고 하늘을 오래 바라본다.

## 조선 닭

**여**주읍을 에둘러 흐르는 남한강을 여강(驪江)이라고 부른다.

그 여강 부근에 있는 타조 농장에 놀러 간 적이 있다. 타조는 근거 없이 친근한 동물이다. 김수정 씨가 그린 만화 『아기공룡 둘리』에 등장하는 '또치'라는 캐릭터가 근거인지도 모른다. 타조를 가까운 거리에서 마주한 사람이라면, 세상은 만화가 아니라는 걸 절감하게 될 것이다. 망사 스타킹처럼 여기저기 엉성하게 털이 빠진 날개를 퍼덕이며 긴 목을 늘어뜨리는 타조는 안경이나 귀걸이를 쪼아댄다. 타조는 반짝이는 것이라면 무조건 집어삼키는 습성이 있다. 혹 금니라도 한 사람이라면 타조 앞에서 입을 벌리고 크게

웃지 말아야 할 것이다.

타조 농장에는 닭들도 있었다. 주인이 완상용으로 기른다는 닭들은 종류가 다양했다. 지금은 보기 쉽지 않은 파주 닭이나 청송 닭처럼 각 지방의 고유한 혈통을 지닌 닭들도 있었다. 그 가운데에서도 눈을 끄는 것은 옛날 민화에 나오는 닭이었다. 옛사람들은 정직하였다는 걸 실감했다. 토끼가 용궁에 다녀오는 이야기책만 읽고 옛사람들은 뻥만 친다고 생각하던 이들은 꼭 타조 농장에 가야 한다.

농장을 다녀온 뒤로, 제대로 된 토종닭을 기르고 싶었다.

이왕이면 어린 시절에 시골에서 기르던 닭을 기르고 싶었다. 봄이면 개나리꽃을 입에 따다 물고 두엄을 헤치며 노는 그 날렵한 몸매의 씨암탉을 기르고 싶었다.

막상 그런 닭을 구하는 것이 쉽지 않았다. 누군가에게 물으니, 발이 노란 것은 모두 서양에서 들어온 닭이란다. 토종닭은 발이 푸르스름하다고 했다. 그날부터 장터를 뒤지며 닭들의 발 검사를 하고 다녔다. 유감스럽게도 장터의 닭들은 모두 노란 발들이었다. '닭이면 닭이지, 무슨 발색깔을 찾느냐'고 닭장수에게 핀잔을 들으면서도 푸르뎅뎅한 발을 지닌 닭을 찾아 장터를 헤매어 다녔다.

산기슭에 닭을 수백 마리 풀어 놓고 기르는 농장이 있다는 말에 허위허위 찾아갔다. 과연 농장 주변의 산에는 풀어 놓은 닭들이 여기저기 돌아다니고 있었다. 매스컴에 소개되면서 몰려온 사람들 때문에 본의 아니게, 닭 요리점을 겸하게 되었다는 그곳에서 우선 토종닭 요리를 사 먹게 되었다. 그런데 상 위에 올라온 상당한 가격의 닭은 삶아져서 발의 빛깔을 확인할 수가 없었다. 농장 주인의 말로는, 주변에 풀어 놓은 닭들이 모두 토종닭이라고 했다. 나중에 알고 보니, 풀어 놓은 게 아니라 양계장에서 탈출한 닭들이었다. 말하자면 그 닭들은 찾아오는 손님들을 위한 눈요깃거리였고, 밥상 위로 올라오는 닭들은 얌전히 닭장 안에 앉아 있던 닭들이었다. 그런데 사람을 피해 솔밭 사이를 어정거리는 닭들을 살펴보니 죄다 노란 발이었다.

조선 닭을 찾아 헤맨 끝에 아는 이가 일러준 농장을 찾아갔다. 그곳에는 눈보다 흰 닭이 있었다. 한눈에 보아도 예사롭지가 않았다. 예부터 약으로 쓰던 약닭이라는 주인의 일장 해설은 흘려들으며 내 눈은 오로지 닭발을 살피기 바빴다. 푸르스름한 빛이다. 몸매가 기역 자로 날렵하게 꺾이고, 체구도 크지 않은 게 과연 조선의 시골 아낙을 연상시켰다. 노란 발의 세 곱은 되는 가격을 부르며 주인이 말했다. 이 닭이 바로 정자나무에서 잔다는 조선 닭이라고 했다. 놓치면 새처럼 날아 정자나무에 올라가기 때문에 조심하라고 일러주었다. 오매불망 찾아 헤매던 조선 닭을 얻게 된 감격에 가슴이 울렁거렸다. 그러나 말을 타면 달리고 싶지 않은가. 두 손을 모으고 주인에게 공손히 물었다. 고려 닭이나 신라 닭은 없느냐. 닭 주인은 조금의 동요도 없이 이리 말했다.

"아, 그건 다 팔렸네요."

아쉽지만, 조선 닭 세 마리를 종이상자에 담아 집까지 모셔 왔다. 서둘러 지은 닭장 속에 넣는데, 너무 조심을 한 탓일까. 상자를 열어 닭장 안으로 넣는 순간, 한 마리가 푸드덕 튀어 나갔다. 손을 쓸 새도 없이 탈출한 닭은—아니 새는 포르르 날아 콩밭 속으로 자취를 감췄다. 그야말로 닭 쫓던 사람 꼴이 되어, 날이 저물 때까지 온 콩밭을 엎드려 다니며 뒤졌지만 눈보다 흰 조선 닭은 꼬리도 보이지 않았다.

"워쩨, 남의 콩밭은 뒤지구 다닌댜?"

퉁명스러운 뒷집 할머니에게 핀잔만 들었다.

어렵게 구한 조선 닭을 날려 버리고 낙심한 채 며칠을 보냈다. 배가 고프면 오리라고 믿었던 조선 닭은 다이어트라도 하는지 감감무소식이었다. 뒤울안에 선 오동나무에 올라가 잠을 자나 싶어 밤이슬에 발목을 적셔가며 손전등을 들고 오동나무를 뒤지기도 했다.

"올빼미 잡는 겨, 야심한 밤에 낭구를 뒤진댜?"

잠 없는 뒷집 할머니가 창으로 목을 빼고 버럭 소리쳤다. 그 할머니는 밤낮으로 내가 무얼 하는지 살피기 위해 이 땅에 태어난 사람이었다.

나흘이 지났을 무렵이었다. 집에서 전화가 왔다. 닭이 나타났다는 것이다. 닭이 사라질까 싶어 안절부절못하다가 조퇴를 신청했다. 무슨 일이냐는 상사의 물음에 '집 나간 닭이 돌아왔다네요'라고 말했다. 상사는 의외로 선선히 결재를 해주며, 서둘러 가보라고 격려를 해주었다. 아마 '집 나간 딸이 돌아왔다'는 말로 알아들은 듯했다.

집에 와 보니 닭이 무관심한 얼굴로 집 주변을 어정거리며 돌아다녔다. "배고파서 온 건 아니야. 그냥 지나가는 길에 들러봤을 뿐이야." 요즘 가수들이 부르는 노래 가사 같은 표정이었다. 아무렴입쇼. 급히 광을 뒤져 낚시 뜰채를 들고 조심스레 접근했다. 새처럼 훨훨 난다는 닭은 종종거리는가 싶더니 쉽게 잡혔다. 아니, 잡혀 주었다.

그렇게 돌아온 닭이었다. 다시는 날아가지 못하도록 벽을 높이 올리고, 지붕을 나이론 망으로 덮었는데, 바로 그것이 죽음에 이르게 한 덫이 되었다. 얼마 지나지 않아 허술한 닭장으로 이웃의 개가 뚫고 들어가는 사건이 벌어졌다. 하늘이 열려 있다면 그런 둔한 개에게 잡힐 조선 닭이 아니었다. 훨훨 날아 오동나무에 올라갔을 것이다. 날지

못하도록 덮은 망이 귀한 닭들을 죽게 만들었다. 그 후로
나의 양계사에서 조선이라는 족적은 옛 왕조처럼 사라져
버렸다.

# 오리의 사랑

시골에선 집집마다 오리를 길렀다. 나이 든 노인이 있는 집이라면 필수조건이었다. 중풍으로 쓰러졌을 때, 오리 피가 특효라는 민간 처방 때문이었다. 과학적 근거가 있는지 몰라도, 지금도 오리알이나 오리고기가 콜레스테롤이 적어 건강에 좋다는 이야기는 여전하다.

오리는 물이 있어야 했다. 불당골의 농가에선 개울이 멀어 마당에 큼지막한 함지박을 놓아 주었다. 장에서 사온 새끼 오리들은 본능적으로 수영에 능했다. 그러나 어린 오리를 처음 물에 넣을 때는 주의해야 한다. 오리가 수영에 능한 것은 물갈퀴가 있는 발뿐만이 아니라, 몸에서 분비되는 기름 성분으로 깃털이나 몸이 물에 젖지 않아 쉽게 뜰 수 있기 때문이라 한다. 새끼 오리들은 이런 기름의 분비가 완전치 못해 익사할 수 있다고 한다.

새끼 오리들은 닭들과 함께 자랐다. 닭과 오리는 사이좋게 지냈다. 그런데 오리가 덩치가 커지면서 닭들을 괴롭히기 시작했다. 목을 길게 빼고 닭을 구석에 몰아넣고 행패를 부리며 닭은 죽겠다고 비명을 질렀다. 유심히 살펴보니, 그게 단순한 행패가 아니었다. 구석에 몰린 닭을 한 마리가 목을 물고, 한 마리는 망을 보고, 나머지 한 마리는 그 위에 올라타서 짝짓는 행동을 보였다. 기이한 일이었다. 오리의 본능을 무어라 할 수는 없지만, 대상이 문제였다. 분명히 암수 짝을 맞춰 사 왔는데, 오리가 종이 다른 닭에게 성적 폭력을 가하는 이유를 알 수가 없었다. 이웃이 보더니, 오리들이 모두 수컷이라고 했다. 그제야 다 큰 오리들이 알을 낳지 않는 이유를 알게 되었다. 분명 오리 장수가 암놈이라고 뒤집어서 나체로 중요한 부분까지 보여주며 큰소리 탕탕 친 기억이 나서 알 낳을 때만 기다렸던 것이다. 장날 만난 오리 장수는 아주 태연한 얼굴로, 오리의 성별은 꽁지깃의 각도를 보고 판별하는데 새끼일 때는 가끔 착오를 일으키기도 한다고 했다. 오리발이란 게 오리 장수들이 잘 내미는 것임을 알게 되었다.

물을 찾는 오리의 본성은 강했다. 광대울 골짜기로 이사를 오자, 오리들은 줄을 지어 개울을 찾아갔다. 개울까지 가려면 꽤 먼 거리의 비탈길을 오르내려야 했다. 뒤뚱거리는 오리걸음으로 그곳을 오가는 것은 지난한 일이었다. 사람이라면, "안 씻고 말지"라고 할 게 뻔했지만 오리들은 한 마리도 투덜거리지 않고 일렬로 줄을 지어 개울을 오갔다. 오리들에게 물어보니, 모이는 포기해도 물은 포기할 수 없다고 대답했다.

물이 없는 오리는 일단 지저분하다. 오리도 괴롭겠지만 기르는 사람도 힘들다. 모래 목욕을 자주 하는 닭과 달리 목욕은 반드시 개울물에 담그고 하는 오리 가문의 전통 탓일까. 닭과 달리 오리는 변이 묽고 아무 데나 깔겨댄다. 오리를 가둬 기른다면 며칠 가지 않아 우리 안은 악취와 오물로 넘쳐날 것이다. 오리를 기르려 한다면 우선 가까이 개울이나 웅덩이가 있는지를 살필 일이다. 없다면 오리들을 데리고 개울가로 이사를 가야 한다.

가뭄이 들어 개울물이 마른 적이 있었다. 오리들은 조금의 당황함도 없이 줄을 지어 산속으로 들어갔다. 오리를 따라가 보니, 놀랍게도 작은 웅덩이가 있었다. 생강나무와 쪽동백이 빼곡히 들어서 밖에서는 보이지 않는 그 작은 웅덩이를 오리들이 어떻게 찾아냈는지 신기했다. 우리 문을 열어 주면 오리들은 뒤뚱거리며 산속으로 들어갔다. '산오리'라는 말이 날마다 산에서 사는 오리의 습성에서 온 것이라고 생각했다. 나중에 책을 읽다가 안데스산맥의 산지에 사는 기러기목 오리과의 산오리 종이 따로 있다는 걸 알게 되었다. 산낙지를 산에 사는 낙지로 알던 내가 산속의 웅덩이를 알 리 없었다.

오리들은 온종일 숲속의 웅덩이에서 멱을 감고 자맥질을 하며 놀았다. 샘이 솟는지, 한겨울에도 그 작은 웅덩이는 얼지 않았다. 가장자리는 얼어도 웅덩이의 가운데는 숨구멍을 열어 두어 오리들을 헤엄치게 했다. 살얼음이 진 웅덩이가 풀리던 이른 봄날, 오리들과 어디에서 날아왔는지 모르는 원앙 한 쌍이 다정히 헤엄치는 모습을 보았다.

숲속의 작은 웅덩이는 '어린 왕자'의 별에 있다는 화산을 닮았다. 샘에서 흘러나온 물이 고인 웅덩이에는 버들치나 쉬리가 살았다. 떨어진 나뭇잎들로 검은빛을 띤 물속에서는 이따금 손바닥만 한 붕어들이 어른거렸다. 무언가 그래야 할 것 같아 낚싯대를 드리웠다. 미끼도 없고 바늘도 없이 줄에 묶은 찌만 꿈결처럼 오르내렸다. 이따금 실잠자리가 그 위에 앉아 졸면 바람이 맨발로 물 위를 지치고 다녔다. 여름밤이면 흐뭇한 달빛 속으로 누군가 두레박을 늘어뜨려 물을 길어 올렸다. 쳐다보면 반쯤 베어 먹은 반달이 바스락거리는 비단 치맛단을 여미며 구름 속으로 숨었다.

어느 해 가을이었다. 숲속에서 두런거리는 소리가 들렸다. 그리고 요란한 굉음이 산을 흔들어댔다. 낯선 사람들이 양수기로 웅덩이를 퍼내고 있었다. 작은 웅덩이는 반나절 만에 바닥을 드러냈다. 망명정부의 주화처럼 여기저기 나동그라진 물고기들이 얼비쳤다. 그것들을 주워 담는 이들이 낄낄거리는 소리가 징그러웠다.

한동안 그곳을 찾지 않았다. 웅덩이는 다시 물로 채워졌지만 오리들도 발길이 뜸해졌다. 생강꽃이 노랗게 필 무렵이면 그 웅덩이에 유유히 헤엄치던 원앙과 오리들이 생각난다.


깊은 산 오솔길 옆 자그마한 연못엔

지금은 더러운 물만 고이고 아무것도 살지 않지만

먼 옛날 이 연못엔 예쁜 붕어 두 마리

살고 있었다고 전해지지요

깊은 산 작은 연못[6]

• •

6. 김민기가 작사, 작곡한 대중가요 <작은 연못>의 일부.

# 금발의 제니

**개**들의 추억은 대개 슬펐다. 기르던 개가 어디론가 팔려 가고 목줄만 덩그러니 걸려 있던 개집의 풍경은 유년기의 문신처럼 새겨져 있었다. 그런 기억 때문에 개를 기르지 않았다.

내 개를 다시 갖게 된 것은 그로부터 수십 년이 지난 뒤였다. 여드름의 시기를 거쳐 복부도 적당히 나오고, 웬만한 슬픔쯤은 견뎌낼 쇠가죽 같은 어른이 되었다.

먼저 아이를 낳아 기르게 되었다. 그리고 강아지를 기르게 되었다. 이웃집이 기르는 강아지를 본 뒤로 조르는 아이를 이길 수 없었다. 공동주택에 살면서 무슨 개를 기른단 말인가. 그때까지도 개를 방 안에서 기른다는 사실을 이해

하지 못했다. 아이는 어미를 들볶고, 어미는 무고한 남편을 강박하였다. 수소문 끝에 모란시장이란 데를 찾아갔다. 개를 배추처럼 시장에서 산다는 것도 익숙하지 않았다. 시장에 개가 나오면 말세라던 어른들의 말씀이 생각났다.

여름이었고, 땡볕이 뜨거웠다. 장사치와 장꾼들로 북적이는 장터에서 갈피를 잡지 못하다가 누군가에게 물었다. 개 파는 곳이 어디입니까. 손가락으로 일러주는 대로 시장의 구석으로 가니 과연 개들이 있었다. 그걸 개라고 해야할까. 철망을 얽어 납작하게 만든 쇠망 속에 빨랫감처럼 구겨 박힌 개들은 혀를 빼물고 헐떡이고 있었다. 몇 마리나 될까. 라면 상자만 한 크기의 쇠망 속에는 발로 짓밟아 욱여넣어도 그리 빈틈없이 채울 수가 없을 만큼 빡빡하게 개들이 담겨 있었다. 그건 개가 아니었다. 숨을 헐떡이는 고깃덩이였다.

어린 아들의 눈을 가렸다. 서둘러 그곳을 빠져나왔다. 다행히 천국은 멀지 않았다. 바로 건너편에는 머리에 리본을 맨 개들이 예쁘게 장식된 수레 위에 앉아 있었다. 그건 개가 아니라 바비 인형이었다. 컵에 담길 만큼 작은 강아지부터 태엽을 감아 놓은 인형처럼 쉴 새 없이 꼬리를 흔드는 애완견들은 귀여웠다. 그 가운데서도 금빛의 털을 지닌 강아지 한 마리가 눈에 들어왔다. 보기 좋게 굽은 금빛 털에는 빨간 리본이 매달려 있었다. 사람으로 치자면 그건 영락없는 금발의 미녀였다. 강아지의 털을 정성 들여 빗질하고 있던 주인은 그 개가 '코카'종이라고 했다. 청량음료를 닮은 견종부터가 이국적이었다. 만장일치로 우리 가족은 금발의 코카를 새 가족으로 맞이했다.

개장수는 사람이 먹는 음식 말고 개에게만 먹이는 전용 사료를 주어야 한다고 일러주었다. 서비스로 사료를 한 줌 담아 주며, 너무 많이 먹이지 말라고 주의를 주었다. 몇 알을 주느냐고 물으니, 일곱 알만 먹이라고 했다.

암놈인데다가 금발인 '코카'종 강아지의 이름은 당연히 '제니'가 되어야 했다. 미국 민요의 아버지 포스터(Stephen Foster)가 지은 <금발의 제니>란 노래를 귀를 막고 다섯 번이나 악을 쓰며 불러댄 끝에 마침내 아내의 동의를 얻어냈고, 아직 말이 서툰 아이는 무어라 다른 이름을 내어놓지 못했다.

제 몸의 절반이 되는 귀를 늘어뜨린 제니는 집안의 귀염둥이가 되었다. 행여 탈이 날까 싶어 개장수가 일러준 대로 전용 사료를 사다가 일일이 헤아려 일곱 알씩 먹였다.

며칠이 지났을까. 귀만 커다란 제니가 자꾸 옆으로 쓰러졌다. 아직 걸음마를 못 떼었나 싶었다. 개가 걸음마를 배워야 한다는 이야기는 금시초문이었다. 처음에 집에 왔을 때는 강중거리며 뛰던 제니가 비칠거리며 쓰러지는 게 이상했다. 아내의 성화에 못 이겨, 동네의 가축병원에 데려 갔다. 이리저리 검사를 한 수의사는 나를 노려보며 말했다.

"영양실조예요."

그 비싼 전용 사료를 행여 주워 먹을까 가족 간에도 서로를 감시하며 하루도 빠짐없이 챙겨 먹였는데 영양실조 라는 말에 황당했다. 수의사는 하루에 사료를 얼마나 먹이 느냐고 물었다.

"일곱 알이요."

"몇 번씩 주었나요?"

몇 번이냐는 물음에 당황했다. 수의사는 혀를 차며 자상 하게 설명을 해주었다. 강아지는 사람으로 치자면 아기나 다름없어서, 조금씩 자주 먹여야 한다. 적어도 하루에 너덧 번씩 먹여야 하는데, 달랑 일곱 알의 사료만 주었으니 굶어 죽지 않은 게 다행이다.

과연 수의사가 일러준 대로 시도 때도 없이 사료를 먹이자 제니는 이내 기력을 회복했다. 회복의 수준을 넘어 너무 기운이 넘쳐났다.

하루가 다르게 덩치가 커진 제니는 잠시도 앉아 있지 않고 온 집안을 날아다녔다. '금발의 제니'와는 너무 다른 캐릭터에 온 가족이 당황했다. 개가 날아다니는 걸 처음

보았다. 이 방에서 저 방으로, 방바닥에서 침대로, 다시 방바닥으로 비행했다.

몇 달이 지나지 않아, 제니는 덩치가 곱절로 커졌다. 그리고 노란 유니폼을 입은 쇼트트랙 선수가 되었다. 두 귀를 펄럭이며 침대를 건너뛰는 건 기본이고, 매끄러운 장판이 깔린 거실을 뛰어다닐 때는 비스듬히 옆으로 미끄러지며 김동성 선수보다 빠르게 회전을 했다.

힘이 넘치면 말썽이 나게 마련이었다. 제니는 혼자 집에 남겨 두면, 온 집안을 난장판으로 만들었다. 두루마리 화장지를 있는 대로 물어뜯어 풀어 놓더니, 어느 날에는 침대 한가운데 그야말로 커다란 구렁이만 한 변을 보아 두었다.

애완견이라는 건 아무리 커도 컵이나 대접에 들어앉아 있는 걸로 알았다. 도서관에서 부랴부랴 애견백과라는 책을 빌려오기에 이르렀다. 밤을 새워 탐독한 끝에 우리의 조신한 '금발의 제니'가 컵에 들어앉아 있기보다, 물속에 뛰어들어 오리나 도요새를 물어 오는 사냥개라는 걸 알게 되었다.

청량음료 같던 '코카'라는 종족의 이름도 '코카 스패니얼'이라는 걸 알았다. 도요새를 뜻하는 '코커(cocker)'와 스페인을 뜻하는 에스패뇰(Espaignol)의 합성어에서 짐작되듯이, 이 멋들어진 금발 개는 스페인의 열정을 지닌 혈통이었다. 반짝이는 구두를 대리석 바닥에 두드리고, 캐스터네츠를 치며 플라멩코를 추던 스페인의 무희처럼 제니의 몸에는 에스파냐의 뜨거운 피가 들끓었다.

사냥개를 좁은 연립주택의 방안에 가둬 두었으니 온전할 리가 없다. 시간 나는 대로 산책을 시켜 주었다. 북한강변으로 드라이브를 시켜 주면 창으로 목을 내밀고 금빛 털을 휘날리다 못해 강물로 당장 뛰어들려 했다.

당장 모란 시장의 개장수를 찾아가, 사냥개를 애완견으로 팔았다며 항의하고 컵에 들어가는 강아지로 바꾸고 싶었다. 하지만 이미 정이 들어 헤어질 수 없는 지경에 이르렀다. 활기가 넘치는 제니를 혼자 두어 심심하게 한 탓이라 여겼다. 미니 핀이라는 덩치가 작은 개를 함께 기르기로 했다.

두 마리의 개가 좁은 방 안에서 지내면 어떤 일이 일어날까. 그건 먹물 한 방울을 물에 떨어뜨리는 것과 같았다. 처음에는 도자기 인형처럼 조신하던 미니 핀도 제니와 함께 살며 얼마지 않아 검은 유니폼을 입은 쇼트트랙 선수가 되었다.

좁은 방 안에서 세 명의 사람과 두 마리의 개가 북적이는 건 끔찍했다. 두 마리의 사람과 두 마리의 강아지에 견디다 못한 아내가 8년 동안 조르고 졸라도 들은 척도 않던 내 민원을 접수해 주었다.

연립주택을 벗어나 마당이 있는 농가로 이사를 가게

되었다. 자식이 태어날 때마다 방을 한 칸씩 달아 지은 농가는 문을 열고 들어가, 옆방으로 갈 때마다 문을 열고 닫아야 하는 기차간처럼 생겼다. 정원이 2인 전용인 방에 누우면 덜컥거리는 기차 바퀴 소리가 들리는 기분이었다. 달리는 기차에 수도관이 연결되어 있을 리가 없다. 우물물을 길어 먹어야 하고, 비가 오면 여기저기 천정에서 실로폰 소리를 내며 빗방울이 떨어졌다. 심란해하는 아내와 달리, 철없는 남편과 어린아이와 금발의 제니와 미니 핀 또치는 너무나 행복했다.

시골에 들어와 가장 먼저 한 일은 개들을 풀어준 것이다. 늘 좁은 방 안에 갇혀 침대 위를 날아다니던 제니는 모처럼 산이며 들로 마음껏 뛰어다니게 되었다. 며칠이 지나지 않아 문제가 발생했다. 집 뒤의 취를 베러 온 이웃들이 겅중거리며 이리저리 뛰어다니는 제니를 보고는 호미를 휘저으며 악을 썼다.

"어디에다 개를 풀어 밭을 망치는 거요? 농사짓는 사람은 사람도 아니우?"

노발대발 화를 내는 이웃 앞에서 제니와 함께 한참 설교와 훈계와 꾸중을 고스란히 들어야 했다. 그날부터 제니는 목줄에 묶여 지내게 되었다.

그런데 얼마 지나지 않아, 애지중지 기르던 닭들이 봉변을 당했다. 이웃집 개가 닭장을 뚫고 들어가 닭들을 물어 죽인 것이다. 앞서 배운 대로 나도 호미를 휘저으며 개를 몰아냈다. 잠시 후 개 주인이 등장했다. 개가 닭을 물어 죽였다고 하자, 그이는 점잖게 뒷짐을 쥔 채 말했다.

"시골에서 개가 그럴 수도 있지, 뭘 그리 야단이우."

줄에 매인 제니는 밥그릇을 가지고 축구를 하며 놀았다. 사료를 비우고 나면 빈 밥그릇을 앞발로 놀리고, 뒷발로 차며 노는 품이 예사롭지 않았다. 전생이 있다면, 제니는 스페인의 축구선수거나, 스페인의 플라멩코 댄서가 틀림없었다.

오죽 심심하면 밥그릇을 가지고 놀까 싶어 틈이 날 때마다 산책을 데리고 나갔다. 개울의 물소리를 들은 제니는 미처 말릴 틈도 없이 개울로 뛰어들었다. 줄을 쥔 나도 끌려 개울에 빠지고 말았다. 엎어진 김에 쉬었다 간다고 한바탕 물놀이가 벌어졌다. 그때 알았다. 제니는 영락없는 오리 사냥꾼이었다. 사냥꾼이 총을 쏘아 오리가 물에 떨어지면 재빨리 물에 들어가 물어온다던 이야기를 눈앞에 보는 듯하였다. 그만큼 물을 좋아하고 헤엄에 능숙했다. 문제는 물에서 나오면 으레 그 긴 두 귀를 좌우로 사정없이 흔들어 옆에선 사람까지 흠뻑 젖게 한다는 점이다.

제니의 아름다움은 눈부시게 빛나는 황금빛 털이었고,

그녀의 고통도 그 털 때문이었다. 금발을 자랑하던 제니는
줄에 묶이면서 문제가 발생했다. 마음껏 숲이나 들로 뛰어
다녔다면, 바람이 털을 골라주고, 숲의 가시나무와 인동덩
굴들이 촘촘히 빗질을 하여 주었겠지만, 줄에 묶여 밥그릇
이나 차고 지내는 동안 그 탐스러운 털들은 짐이 되었다.
털은 흙투성이가 된 채 서로 엉겨 붙었다. 모처럼 시간을
내어 빗겨 주려고 해도 빗이 들어가지 않을 정도로 얽히고
뭉쳐 버렸다. 줄을 풀어주는 줄 알고 반가워하던 제니는
주인이 엉뚱하게 털만 잡아 뜯자 참지 못하고 길길이 뛰어오
른다. 그건 거의 흙투성이가 된 털 뭉치를 껴안는 일이었다.
멀리서 보면 흙투성이가 된 공을 가지고 노는 줄 알 일이다.

한번 뭉쳐진 털은 쉽게 풀리지 않았다. 헝클어진 털을
가위로 잘라낼 수밖에 없었다. 연한 속살까지 뭉쳐진 털을
가위로 자르는 일도 만만치가 않았다. 조금만 돌보지 않아
도 제니는 털과 흙으로 빚어진 털 뭉치를 주렁주렁 매달고
다닐 판이었다. 탐스러운 금발이 구속이 될 줄이야.

도시에서야 애견 헤어숍이 있다지만 시골에서는 찾을
수가 없었다. 제니는 주인을 잘못 만나 그 빛나는 금빛
털을 가위에 맡겨야 했다. 뒤늦은 후회지만, 제니를 애견미
용실에 한 번 데려가지 못한 것이 마음에 걸린다. 마을
할머니들이 역전 대합실 같은 긴 의자에 조르르 앉아 머리를

볶던 면사무소 옆의 미용실에라도 데려가 퍼머라도 해 주지 못한 게 미안하다.

제니가 떠난 지 오래되었지만, 지금도 여름이면 개울은 물소리를 내어 흐른다. 그 곁을 지날 때면 한 마리의 인간과 한 마리의 개가 한데 어울려 물장구를 치던 풍경이 생생히 살아난다.

초록의 나무 그림자가 싱그럽게 드리워진 개울에 텀벙 뛰어들어 튕겨내던 물방울들과, 제니의 웃음소리가 들린다. 그건 분명한 웃음소리였다. 그건 은화처럼 희고 반짝였다. 개가 웃는 걸 나는 제니를 보고 알게 되었다. 체셔 고양이만 웃는 게 아니었다.

# 하늘소와 김치냉장고

**삼**복이 시작될 무렵이었다. 날이 더워 창을 열어 놓고 있는데, 무언가 날아와 전등갓에 탁 소리를 내며 부딪쳤다. 방바닥에 떨어져 버둥거리는 소리가 요란하여 작은 새인 줄 알았다. 그런데 자세히 들여다보니 큼지막한 하늘소였다. 제 몸보다 더 긴 더듬이를 점잖게 늘어뜨리고 등에는 번쩍거리는 구릿빛 갑옷을 뒤집어쓴 모양이 중세의 기사를 연상시킬 정도로 멋졌다. 방바닥에서 붕붕거리며 맴을 도는 하늘소는 얼핏 한 뼘 가까이 되어 보였다. 곤충도감을 이리저리 뒤져 보았다. 황동빛을 띤 등껍질이며 10cm를 웃도는 몸집이 장수하늘소와 닮았다.

그러고 보니, 바로 산 너머가 장수하늘소가 자생한다는

광릉 숲이다. 멀지 않은 철마산 자락에는 장수하늘소가 붙어산다는 서어나무가 흔했다. 요즘 보기 힘들게 된 장수하늘소는 천연기념물이었다. 얼마 전의 텔레비전 방송에 따르면, 일본에서는 살아 있는 장수하늘소가 일억 원의 값으로 거래된다고 했다. 순간적으로 가슴이 황금빛으로 물들며 울렁거렸다. 다른 집은 다 있다는 김치냉장고를 사달라고 조르다 못해, 그것이 없어서 김치도 담그지 않겠다고 엄포를 놓던 아내의 얼굴이 눈앞을 스치고 지나갔다. 일억 원이면 최신형 김치냉장고 몇십 대를 사고도 남고, 털털거리는 자동차를 바꾸고도 남을 돈이다.

어려서부터 유난히 곤충을 좋아했다. 언 땅이 풀리고, 산자락에 파릇파릇 새싹이 돋기 무섭게 우선 개미부터 잡아다 헌 어항에 넣어 길렀다. 미로처럼 뚫린 개미굴 속에서 일개미들이 제 머리보다 큰 흙덩이를 집게로 나르는 모습이며, 여왕개미가 하얀 알을 낳는 것을 온종일 들여다보곤 했다. 아카시아꽃이 하얗게 필 무렵이면 메뚜기를 잡으러 다니느라 아침부터 이슬에 발목을 적셨다. 여름이면 방아깨비를 기르겠다고 다리에 실을 묶어 마당의 분꽃에 매어 놓았다. 여치를 잡아다 밀짚으로 엮은 조롱에 담아 문설주에 매달아 놓고, 가을이면 귀뚜라미를 잡아다 필통에 넣어 베갯머리에 두고는 방울이 굴러가는 소리를 듣기를 즐겼다.

장난감이 된 것은 그뿐이 아니다. 갈퀴 같은 앞발로 두더지보다 땅을 더 잘 파던 땅강아지며, 꽁무니에 짚을 꽂아 시집을 보내던 고추잠자리며, 검은 철갑을 걸치고 참나무 등걸에 들러붙던 사슴벌레와 풍뎅이며, 산길을 걸을 때마다 알록달록 화장을 하고 나타나 길을 일러주던 비단길앞잡이, 쇠똥을 수수경단처럼 빚던 쇠똥구리, 개구리밥이 잔뜩 덮인 웅덩이에서 온종일 맴을 돌던 보리방개까지 철마다 번갈아 가며 나타나던 친구들이었다.

그런 친구들을 붙잡아오면 할아버지께서는 내가 잠든 사이에 숲에다 풀어주시곤 했다. 눈을 뜨기가 무섭게, 메뚜기나 잠자리를 찾으면 할아버지께서는 말없이 손가락으로 하늘을 가르쳤다. 방아깨비를 묶어 놓았던 분꽃 잎사귀에는 실에 묶인 방아깨비 다리 한 짝만이 덜렁 달려 있을 뿐이었다.

방안에 날아든 하늘소는 순식간에 나를 어린 친구들에게 데려갔다. 하늘소를 플라스틱 통에 넣고 오이며, 사과 조각을 먹이로 넣어 주었다. 평소에 벌레를 무서워하던 아들도 신기한 듯, 장갑차처럼 우직한 갑충을 흥미롭게 들여다보았다.

불을 끄고 어렴풋이 잠이 들었다. 하늘소를 길러 새끼를 열 마리쯤 낳게 하는 꿈을 꾸고 있었는지도 모른다. 무언가 찍찍거리며 애절하게 우는 소리가 들려왔다. 이를 가는 소리 같기도 하고, 무언가를 호소하는 울음소리 같기도 했다. 쥐라도 들어왔나 싶어 퍼뜩 잠에서 깨어 거실로 나가 보았다. 그 소리는 하늘소가 든 통에서 들려왔다. 불을 켜고 들여다보자, 어둠 속에서 하늘소가 긴 다리를 허우적거리며 플라스틱 통에 달라붙어 있었다. 기어오르려 애쓰지만 하늘소는 매끄러운 플라스틱 표면에 다리가 미끄러져 번번이 굴러떨어지고 있었다. 그때마다 하늘소는 하늘을 바라보며 애처롭게 울고 있었다. 불현듯 오래전에 돌아가신 할아버님의 말씀이 머리를 스쳤다.

"그것도 살려고 버둥거리는데 살려주려무나."

하늘소를 길러보겠다던 아들의 한껏 들뜬 얼굴과, 일억 원의 돈다발과 김치냉장고와 기뻐하는 아내의 모습이 그 위를 어지럽게 덮쳤다. 하늘소는 잠시도 잠을 안 자고 밤새도록 울어댔다. 잠을 이루지 못하고 이리저리 뒤척이다가 자리에서 일어났다. 뻑뻑거리며 울어대는 하늘소를 들고 마당으로 나갔다. 여름 밤하늘엔 푸른 별들이 몽롱하게 빛나고 있었다.

통 안에서 허우적거리는 하늘소를 꺼내 들었다. 그리고 그것을 산뽕나무 잎사귀 위에다 얹어 놓았다. 긴 더듬이로 손등을 더듬던 하늘소는 구릿빛 등껍질을 벗겨내고 그 안에 숨겼던 날개를 활짝 펼쳤다. 그러고는 꿀풀 향내가 풍기는 여름밤의 하늘로 꿈처럼 날아갔다. 김치냉장고가 날아가고 있었다.

아침에 눈을 뜨자마자 플라스틱 통을 들여다본 아들이 놀라서 외쳤다.

"하늘소가 없어졌네."

나는 태연히 예전의 할아버지가 한 것처럼 가만히 손가락으로 하늘을 가리켰다.

나중에 곤충에 조예가 깊은 이에게 이야기를 했더니, 장수하늘소가 아닐 것이라고 했다. 장수하늘소는 그보다 더 크고, 우람하단다. 실제로 장수하늘소를 보았다는 신고가 한 해에도 수십 건이 들어오는데, 아직까지 장수하늘소로 밝혀진 경우는 한 건도 없었다고 했다.

어쨌든 그것이 장수든, 졸병이든, 하늘소는 하늘로 돌아갔다. 그 후에도 김치냉장고가 없어 김장철마다 마당에 독을 묻을 구덩이를 파느라 땀을 흘리곤 했다. 비록 김치냉장고는 그렇게 하늘로 날아갔지만, 여름밤마다 하늘소가 푸른 밤하늘의 한가운데로 소처럼 어슬렁거리며 지나가는 걸 즐거이 바라본다.

# 두꺼비 구두

우물을 하나 파려고 했다. 마당에 우물이 있는 집은 생각만 해도 고즈넉했다. 곡괭이를 들고 며칠 파보다가 그만두었다. 물길도 알지 못하면서 파 들어간다고 우물이 될 리가 없어 보였다. 그보다 팔죽지가 결리고 손바닥이 얼얼하여 곡괭이로 감당할 일이 아니었다. 펌프라도 박아 볼까. 동묘의 벼룩시장에 들러 펌프 머리는 사다 두었다. 그렇다고 물이 나오는 건 아니다. 남포를 놓고 꽤 깊이 관을 박아야 될 일이었다. 그냥 펌프 머리만 마당에 박아 놓으려다 그만두었다. 물이 마른 펌프처럼 목마른 것이 있을까.

우물은 펌프를 거쳐 웅덩이가 되었다. 마당의 한구석을

파서 큰 함지박을 묻었다. 거기에 물을 받아 금붕어를 사다 넣었다. 제법 물속을 헤엄치는 금붕어가 볼만했다. 며칠 가지 않아 까치들이 날아와 쪼아 먹었다.

그냥 버려둔 웅덩이에 빗물이 고이고, 나뭇잎이 떨어지면서 장구벌레 소굴이 되었다. 오글거리는 것들마다 모두 모기가 된다 생각하니 온몸이 근지러웠다. 미꾸라지 몇 마리를 사다 넣어 두라는 이웃의 말에 장에 가서 천 원에 세 마리를 사다 넣었다. 며칠 지나고 나자 그 많던 장구벌레가 말끔히 사라졌다. 그런데 얼마지 않아 물을 갈아주다 보니 미꾸라지가 한 마리도 뵈지 않았다. 어디로 갔을까. 주변을 살피자 거위가 꺽꺽거리며 어디론가 몸을 숨긴다. 장구벌레는 미꾸라지 밥이 되고, 미꾸라지는 거위 밥이 되었다.

손바닥 연못에선 모기만 들끓는 게 아니었다. 살구꽃이 떨어져 아득히 동그라미를 그리며 맴돌기도 하지만, 개구리들이 찾아와 퐁당거리고, 도롱뇽들이 바닥에 납작 달라붙어 있었다. 도대체 도롱뇽들은 어디에서 왔을까. 어떻게 이 웅덩이를 찾아왔는지 신기하다. 얼마 전에는 두꺼비도 찾아왔다.

불당골의 농가에서는 두꺼비를 자주 만났다. 저녁마다 네 다리를 어기적거리며 마실을 오는 두꺼비가 있었다.

녀석은 방으로 들어가는 봉당 마당에 가족들이 벗어 놓은 신발들 틈에 자리를 잡고 밤새도록 번을 서다가 날이 밝으면 어슬렁거리며 퇴근을 했다.

문 앞을 지키던 두꺼비가 언젠가는 내 구두 속에 들어가 있어 질겁한 적도 있다. 구두를 신으려는데 무언가 뭉클한 것이 발에 와 닿았다. 구두를 벗어 털어보니 점잖게 생긴 녀석이 마당에 툭 떨어져 큼지막한 눈을 껌벅거린다. 나중에야 두꺼비가 봉당 추녀에 매달린 전등 불빛에 몰려든 날벌레들이 밑으로 떨어지면 그걸 널름거리며 잡아먹으러 온 걸 알게 되었다. 코가 반짝거리는 구두는 아침이면 내가 신고 나가고, 밤이면 두꺼비가 찾아와 신었다. 원래는 내 것이었지만, 이제는 두꺼비가 밤마다 찾아와 신는 두꺼비 구두가 되었다.

지금 사는 집으로 이사 와서는 족제비에 고라니, 다람쥐, 뱀이며 두더지와 고슴도치까지 만났지만 두꺼비는 처음이었다. 알을 낳으려고 물가를 찾은 듯하여 물을 갈지 못하고 그대로 놓아두었다.

손바닥만 한 물웅덩이지만 세상에서 일어나는 일들은 그 안에서 다 일어났다. 이따금 지나가는 구름이 제 얼굴을 비치기도 하고, 숲을 빠져나온 바람이 물수제비를 뜨기도 하지만 어젯밤에 흠뻑 내린 비에 거울처럼 고요하기도 하다. 소 발자국에 고인 빗물에도 우주의 삼라만상이 담기듯이, 함지박 웅덩이에서도 세상을 볼만하였다. 부레옥잠을 기르고, 연을 갖다가 띄웠다. 이슬비가 촉촉이 내리는 날이면 그 작은 웅덩이에 떨어지는 빗소리가 들을 만하다. 연꽃이 함초롬히 비에 젖는 것을 가만히 바라보는 것도 그윽했다. 이따금 개들이 목을 축이다가 물끄러미 제 얼굴을 비춰 보던 웅덩이도 이제는 지나가는 구름 그림자만 어른거린다.

> 우물 속에는 달이 밝고 구름이 흐르고 하늘이
> 펼치고 파아란 바람이 불고 가을이 있고
> 추억(追憶)처럼 사나이가 있습니다.[7]

이따금 우두커니 고즈넉이 고인 웅덩이에 얼굴을 비춰 보았다. 객쩍어 보였다. 함지박 바닥에 물이 빠져나갈 구멍을 만들어 놓지 않아, 일일이 물을 퍼내고 갈아주는 일도 만만치 않았다. 나뭇잎이 떨어진 웅덩이는 검게 썩어갔다. 몇 해 가지 않아 웅덩이는 흙으로 메꿔졌다. 웅덩이가 있던 자리에는 튤립의 구근을 심었다. 봄마다 노랗고 빨간 튤립

7. 윤동주의 시 「자화상」 일부.

이 꽃을 피웠다. 이따금 거기 얼굴을 비추던 달과 구름과 하늘과 바람과 가을과 두꺼비와 도롱뇽과 개구리와 백두와 하얀 살구꽃이 생각난다. 그 작은 웅덩이를 찾아오던 두꺼비는 지금 누구의 구두 속에서 밤을 보낼까. 어디에서 그 작은 얼굴들을 담그고 있을까.

# 검둥개야 너도 가자

고 향의 숙부댁에 들렀다가 강아지를 얻어왔다. 제니 와 또치가 있었지만, 혀를 날름거리며 꼬리를 흔드 는 강아지에게서 눈을 뗄 수가 없었다. 내겐 검둥개와 바둑 이에 대한 애정이 있었다. 그건 순전히 초등교육 탓이다.

아가야 나오너라. 달맞이 가자.
앵두 따다 실에 꿰어 목에다 걸고
검둥개야 너도 가자 냇가로 가자.[8]

8. 윤석중이 작사하고, 홍난파가 작곡한 동요 <달맞이> 일부.

바둑아 바둑아 이리 오너라 나하고 놀자
철수야 영희야 너도 오너라 같이 놀자


60년대 국민학교 교과서에 자주 등장하던 '바둑이와 검둥개'의 추억은 의외로 뿌리가 깊었다.

바둑이와 검둥이로 말하자면, 잡종, 국제적으로는 믹스견이라 한다. 대체로 이 잡종견에 대한 차별은 자심하다. 족보까지 챙기고, 온갖 국적의 개들이 모여 사는 이 글로벌하고, 다이내믹하며, 버라이어티한 나라에서, 이름도 모르고, 성도 모르며, 종자도 알지 못하는 이 '근본 없는' 잡종의 서러움은 출생부터가 비극이다. 그러나 이 근본을 모르는 잡종이야말로, 양질의 유전인자들을 골고루 섞은 최첨단 하이브리드 이종교배의 산물이다. 순혈의 그늘은 일찌감치 합스부르크 왕가의 비극적 가족사로 입증된 바 있다. 권력을 독점하려던 근친혼이 빚은 정신병과 주걱턱과 온갖 유전질환이 보여주듯이, 그것은 반생태적일 수밖에 없다.

여름마다 납량특집의 주역으로 더위를 식혀주던 '구미호'의 주인공 여우는 어디로 갔을까. 쥐약 중독설 등이 있지만, 많은 학자들은 차도로 고립된 여우들이 근친교배를 통해 그 형질이 단일해진 데 혐의를 두고 있다. 동질화된 유전자로 인해 치명적인 질환이나 환경의 변화에 도태되었다는 주장이 설득력을 얻고 있다. 그런 사실에 비춰 본다면, 잡종견이야말로 어떠한 질환이나 환경에도 적절히 대응하며 살아남을 우량 형질의 후예들이다. 한때 헐벗은 산들을 녹화하기 위해, 단일 수종으로 조림한 산들이 치명적인 해충이나 산불과 같은 환경의 도전에 속수무책으로 멸절되는 현실을 보아도 건강한 생태는 다양성에 있다. 이리저리 섞이며 다채로운 형질을 두루 섞인 잡종이야말로 글로벌 시대를 살아가는 최적의 견종이 아닐까 싶다. 장황하게 떠벌였지만, '최첨단 글로벌 하이브리드 믹스견' 바둑이와 검둥이는 비가 오나, 눈이 오나 알아서 잘 컸다.

다래 덩굴에 둘러싸인 골짜기에 외따로 지은 집은 호젓했다. 개들을 마음껏 풀어놓아도 호미를 들고 악을 쓸 이웃이 없다는 점이 좋았다. 바둑이와 검둥이는 산속 오두막에서 사이좋게 지냈다. 사춘기를 지나며 이성에 눈이 뜬 검둥이는 이따금 바둑이에게 야릇한 구애의 동작을 보였지만, 그때마다 바둑 누이는 쌀쌀맞게 냉대했다. 깊은 산중에 떨어져 살다 보니, 짝을 찾기 어려웠지만, 어느 날 정체를 알지 못할 누렁이가 찾아와서 검둥이를 성나게 했다. 사랑은 위대했다. 검둥이의 감시 속에도 누렁이와 바둑이의 사랑은 꽃을 피웠다. 검둥이가 없는 틈에 벌어진 밀애 현장이 몇 차례 목격되었다. 그리고 바둑이는 엄마가 되었다.

태어난 강아지는 검둥이, 바둑이, 누렁이었다. 이 얼마나 공정한 사랑인가. 굳이 그 아비를 찾으려 하지 않았다.

개들은 풀어놓고 길러야 한다고 생각했다. 줄에 묶인 제니가 털 뭉치가 되는 걸 본 터라 그 생각은 교리처럼 굳어졌다. 어려서 시골에 가면 댓돌에 턱을 괴고 낮잠을 자고, 곁으로 지나가는 닭을 보아도 하품만 해대는 개의 풍경이 그런 믿음을 과감히 실천하게 했다.

부동산 중개인에게 영영 개발이 되지 않을 후미진 곳을 특별 주문하여 찾아낸 집터는 마을에서 뚝 떨어진 산중이었다. 문을 열다가 지나치던 고라니와 부딪치고, 뒤뜰에 멧돼지 가족이 떼를 지어 노니는 골짜기였다. 그곳에서 바둑이와 검둥이는 자유를 만끽했다. 온종일 숲을 뒤지고, 산속을 뛰어다녔다. 그렇게 뛰놀다가 허기가 지면 돌아와 배를 채웠다.

행여 마을로 내려가 말썽을 부릴까 싶어 밤에는 묶어 두었다. 개들을 묶어 두면서 기르던 닭들이 죽기 시작했다. 멀쩡하던 닭이 날마다 한 마리씩 죽었다. 그러던 어느 날 밤이었다. 개들이 짖는 소리에 잠이 깼다. 불길한 생각에 속옷 차림으로 나가 보았다. 놀랍게도 닭장 속에서 닭 한 마리가 땅바닥에 쓰러진 채 푸드덕거리고 있었다. 자세히 살펴보니, 닭의 목에 노란 게 들러붙어 있었다. 말로만 듣던 족제비였다. 족제비는 닭의 목을 문 채 번쩍거리는 눈으로 나를 노려보았다. 족제비의 눈길은 정확히 내 팬티를 향하고 있었다. 나도 모르게 다리를 비꼬아 급소를 가렸다. 누군가 보았다면 상당히 선정적인 자세였을 것이다. 그 노란 괴물이 당장이라도 내 취약한 곳을 향해 달려들까 싶어, 급히 옆에 떨어진 돌멩이를 집어 들었다. 그리고 힘차게 그 괴물을 향해 던졌다. 돌멩이는 퍼덕거리던 닭의 등에 퍽 소리를 내며 명중했다. 아이고, 미안해라. 날아오는 돌멩이를 피해 닭에서 떨어져 나온 노란 괴물은 닭장 안을 번개처럼 맴돌았다. 어찌나 빠른지 그건 거의 전류와 같았다. 잠시 후, 그 전류는 닭장 밖으로 빠져나갔다.

우두커니 서 있다가 방으로 들어와 누웠지만 분해서 잠이 오지 않았다. 그동안 죽은 닭들의 원수를 눈앞에 두고도 명중시키지 못한 자책감과 맥없이 돌려보낸 무력감이 복합적으로 밀려왔다. 도저히 분이 풀리지 않아 잠든 아내를 깨워 하소연을 했다. 잠결에 아내는 '그게 모두 운명'이라며 중얼거렸다. 유감스럽게도 나는 운명론자가 아니었다. 그대로 잠을 잘 수가 없었다. 밖으로 나가 줄에 매인 개들을 풀어주었다. 그 괴물이 나머지 닭들까지 물어 죽일까 걱정이 되었기 때문이다.

얼마쯤 지났을까. 밖에서 개가 낑낑거리는 소리가 들려왔다. 황급히 나가 보자, 놀랍게도 노란 괴물의 머리를 바둑이가 물고 있고, 검둥이는 꼬리 쪽을 물어 당기고 있었다. 완벽한 부부 협공의 자세였다. 그런데, 그 노란 괴물도 바둑이의 입을 물고 있었다. 물고 물린다는 말이 어디에서 비롯되었는지를 실감하는 순간이었다. 그 와중에 할 수 있는 건 그 노란 괴물을 바둑이의 입에서 떨어뜨리려고 발길질을 하는 것밖에 없었다. 내가 노란 괴물의 입을 물 수는 없지 않은가. 발로 걷어차자 바둑이는 저를 차는 줄 알고 재빨리 피하고, 난데없는 아내의 비명소리가 집안에서 들려왔다. 혹시 이 노란 괴물의 배우자란 놈이 집 안으로 들어가 보복이라도 하는 게 아닌가 싶어 급히 뛰어 들어갔다.

개 짖는 소리에 잠이 깬 아내가 거실에서 창밖을 내다보고 있다가 내가 발길질을 하는 순간, 시커먼 괴물이 하늘로 뛰어올라 달려드는 바람에 비명을 질렀다는 것이다. 아내가 놀란 시커먼 괴물은 헛발질하느라 벗겨져 날아간 내 신발이었다.

어찌하였든 바둑이와 검둥이는 날마다 닭들을 물어 죽이던 족제비를 잡았다. 그 공으로 두 마리는 자유를 얻었다. 밤새 닭장을 지키기 위해 목줄에서 벗어나게 된 것이다.

# 세수하러 오는 토끼

잣나무 숲 사이로 들어선 집 곁에는 작은 실개천이 흘렀다. 집을 짓고 얼마 되지 않은 아침에, 개울로 물을 마시러 온 토끼를 보았다. 잿빛 털을 가진 토끼는 동요 속의 주인공을 닮았다.

> 깊은 산속 옹달샘 누가 와서 먹나요
> 새벽에 토끼가 눈 비비고 일어나
> 세수하러 왔다가 물만 먹고 가지요.[9]

9. 독일 민요에 윤석중이 작사한 동요 <옹달샘> 일부.

그날 이후로, 아침마다 물을 마시러 오는 토끼를 보는 게 즐거움이 되었다. 그런데 언제부터인가 토끼가 오지 않았다. 이따금 산행을 할 때마다 여기저기 놓인 올무가 걱정되었다. 눈에 띄는 대로 올무를 제거했지만 토끼는 다시 만날 수가 없었다.

그런 아쉬움 때문일까. 토끼를 기르게 되었다. 한때 토끼를 기르는 게 유행이던 때가 있었다. 앙고라니, 친칠라라는 토끼의 털이 돈이 되던 시절이었다. 토끼를 기르는 삼촌을 따라 금촌이나 운천 같은 교외로 풀을 베러 다녔다.

토끼의 번식력은 가공할 만하다고 알려져 있다. 사냥감으로 들여온 24마리의 토끼가 60년 만에 100억 마리로 늘어난 호주의 예를 보아도 알 수 있다. 호주 정부에서는 토끼들을 퇴치하기 위해 폭탄을 터뜨리고, 치명적인 독극물을 살포하는 등 별의별 수를 다 썼지만 토끼의 번식력을 당할 수가 없었다. 천만 달러의 현상금까지 걸었다는 그 토끼가 어찌하여 내 집에만 오면 도무지 수가 늘지 않을까. 호주 정부는 나를 찾아와야 할 것이다.

짝짓기를 일생의 목표로 삼는 수토끼를 암토끼와 합방하면 싸우는 건지 사랑을 나누는 건지 알 수 없는 소동이 벌어진다. 우당탕거리며 쫓고 쫓기는 게 토끼의 사랑법이었다. 토끼 새끼 불 듯한다는 말도 우리 토끼들에게는 통하지가 않았다. 모처럼 새끼를 낳으면 며칠 못 가 목만 남아 있었다. 경계심이 심한 토끼는 제가 낳은 새끼가 죽거나, 위험을 느끼면 새끼를 잡아먹는 습성이 있다.

토끼는 놀라운 번식력에 비해 병약했다. 특히 습기에 약해 물기가 많은 야채나, 비에 젖은 풀을 주면 설사병을 일으켰다. 토끼집은 습기를 피해 지상에서 띄우고 통풍이 잘되는 것이 좋다. 가장 좋은 것은 토끼의 본성대로 마당에 굴을 파고 살게 하는 것이다. 토끼가 땅을 파는 실력은 놀랍다. 웬만큼 대비를 하지 않으면 토끼들은 우리의 땅바닥을 깊게 파고 들어가 산으로 달아나고 만다.

어느 해 겨울이었다. 집으로 오르는 길바닥에 토끼 한 마리가 누워 있었다. '개들이 산토끼를 잡아다 놓았나 보다'고 대견해하는데, 길바닥에 누운 토끼의 낯이 익었다. 주변을 살피자 길바닥에 쓰러진 토끼는 한두 마리가 아니었다. 불길한 생각에 급히 토끼장 쪽으로 달려갔다. 그런데 토끼장에는 바둑이가 쭈그리고 앉아 있었다. 토끼는 길바닥에 쓰러져 있고, 개는 토끼장에 들어가 앉아 있는 광경이 기괴했다. 토끼장의 밑창을 뚫는 바람에 토끼들이 놀라서 튀어나오고, 밖에서 기다리고 있던 검둥이는 물면서 족제비 이후로 더욱 원숙해진 부부 협공의 기량을 과시한 셈이다. 밑창을 뚫다 못해 아예 토끼장으로 들어간 바둑이가 나올

길을 찾지 못한 채 그 안에 토끼 노릇을 하며 우두커니 앉아 있었던 것이다.

그날이 다가왔다. 세상의 모든 만남에는 헤어짐이 있으며, 자업자득, 회자정리, 거자필반, 사필귀정, 인과응보, 생자필멸 …… 반공방첩! 오는 게 있으면 가는 게 있다는 말들은 사전을 하나 묶을 만치 많은 이유가 있었다.

언제부터인가 아침마다 산등성을 뛰어놀다 돌아오는 바둑이와 검둥이는 온몸이 흠뻑 젖어 있었다. 밤새 내린 이슬이 마르지 않은 풀숲을 뒤지고 다니느라 젖은 모양이라고 여겼다.

그러던 어느 날이었다. 산에서 내려오던 이장을 만났다. 늘 반갑게 대하던 그가 눈을 마주하지 못하고 슬며시 피한다. 인사를 건네자, 그는 대뜸 개들이 잘 있느냐고 물었다. 무슨 말이냐고 하자, 개들이 죽을 거라고 퉁명스레 말했다.

이장은 얼마 전에 오리농법을 하려고 산 너머의 논에 오리를 집어넣었다. 그런데 오리들이 자꾸 죽는다고 하소연하던 걸 들은 적이 있었다. 오리 농군 학교에서 정규 교육까지 마친 '배운 오리'들이라 꽤 비싸게 사 왔는데 손해가 클 만했다. 아무래도 너무 어린 걸 팔아서 추위를 못 이겨 죽은 듯하다며 변상을 요구해야겠다고 했다.

그날도 오리들이 걱정되어 아침 일찍이 논에 들렀던

이장은 충격적인 장면을 목격했다. 논을 둘러싼 망을 뚫고 들어간 바둑이와 검둥이가 논바닥을 이리저리 뛰어다니며 한창 오리 사냥을 하고 있었다. 작대기를 들고 쫓아내려 했지만 겁에 질린 개들은 경중거리며 뛰기만 할 뿐 나갈 구멍을 찾지 못했다. 화가 머리끝까지 치민 이장은 집에 전화를 걸어 사냥총을 가져오게 했다. 그리고 개들에게 총을 쏘았다는 것이다.

그 말에 놀라 집으로 달려와 개들의 몸을 살펴보았다. 털을 뒤지자 여기저기 총알 자국들이 박혀 있었다. 목에서는 벌써 가래가 끓는 소리가 거칠었고, 바둑이의 입에서는 피가 흘러나오고 있었다. 더 이상 말하고 싶지 않다.

# 천사 개 덕수

**한**동안 개가 없이 지냈다.
숲은 더욱 적막하고, 세상은 어디인가 구멍이 뚫린 듯했다.

아파트로 이사를 가게 된 지인이 집안에서 기르던 개를 더 이상 기를 수 없게 되었다고 호소했다. 운명적으로 개는 우리 집에 맡겨졌다.

거의 불에 검게 그을린 소시지 같았다. 필요 이상으로 긴 허리에 짧은 다리는 우스꽝스러웠다. 이 해괴한 개의 혈통은 닥스훈트라고 했다. 그리하여 개는 '덕수'라고 불리게 되었다.

닥스훈트는 오소리나 여우를 사냥하는 개라고 알려져

있다. 냄새를 잘 맡는 포인터가 숨겨진 오소리를 찾아내고, 달리기 선수인 그레이하운드나 비글이 열심히 쫓았다. 잡히기 직전에 여우나 오소리가 굴속으로 숨어 사냥꾼들은 번번이 낭패를 보았다. 사냥꾼들은 몸이 길어서 굴에 들어갈 수 있으며, 턱이 강하여 한번 물면 놓치지 않는 개를 만들어냈다. 하운드와 테리어 사이에서 태어난 닥스훈트는 허리가 소시지처럼 길어지고 좁은 굴에 들어가는 데 걸리적거리지 않게 다리가 짧아지고, 두터운 턱을 지니게 되었다.

"모든 개는 마당에서 살며, 줄에 매이지 않고 자유롭게 뛰어놀 권리가 있다"는 애견 권리장전에 따라 덕수는 닭장 옆의 잣나무 아래서 살게 되었다. 집안에서 기르느라 중성화 수술을 하고, 성대 수술을 받은 덕수는 양순하고 짖지를 않았다.

이 조용한 개는 사랑의 화신이었다. 검은 비로드 연미복을 입은 덕수는 엉덩이에 갈색으로 그려진 하트를 달고 다녔다. 그 문양만큼 덕수는 사랑이 많은 개였다. 마당에 풀어 놓은 닭을 보아도 물지 않고, 반갑다고 그 짧은 다리로 부지런히 쫓아다닐 뿐이었다. 그때마다 닭들은 호들갑을 떨었지만 이내 친숙해져 얼마 후엔 개와 닭이 함께 노는 천국의 풍경을 보여주었다.

어느 날 방에 앉아 책을 읽고 있는데, 개 짖는 소리가 들려왔다. 바둑이와 검둥이가 떠난 뒤로, 추녀에 매단 풍경 소리나 지나가는 바람에 쟁강거릴 뿐 산중은 고요하기만 했다. 덕수가 있었지만 짖지 못하는 개였다. 개 짖는 소리에 놀라 나가보니 덕수가 혼자 있었다. 의아한 표정으로 주변을 살피는 나를 향해 덕수가 점잖게 짖으며 이렇게 말했다. 나도 개라오.

좁은 방안에서 갇혀 지내던 덕수가 마당에서 지내며 마음껏 뛰어놀더니 잃었던 목소리를 찾은 것이다. 그건 지금도 의문이다. 성대 수술로 잃어버렸던 소리를 어떻게 살려냈을까. 완벽한 소리는 아니지만 그건 분명히 덕수가 짖는 소리였다. 흔히 '개소리'라고 하면 욕처럼 들리지만, 이때처럼 반가운 개소리가 있었을까. 아, 개가 짖다니 …… 기적이었다.

덕수는 긴 허리에 짧은 다리로 산에 오르내리는 걸 힘겨워 했다. 굴에 숨은 너구리를 쫓기 위해 만들어진 긴 허리가 짐이 되고 말았다. 풀어놓아도 멀리 가지 않고 집 주변의 숲을 오갈 뿐이었다.

적적하게 지내던 덕수에게 동생들이 생겼다.

비글 상두와 풍산개 백두가 새 가족으로 늘면서 덕수는 동생들을 살뜰히 챙겨 주었다. 이 헌신적인 개의 정성은 극진했다. 비글 상두가 어려서 방 안에서 지낼 때는 아침마다 거실이 들여다보이는 창가로 달려와 그 짧은 다리로 까치발을 뜨며 반가워 그 짧은 꼬리를 흔들었다.

상두가 바깥으로 나가 살면서 덕수는 껌딱지처럼 붙어 다녔다. 첫날부터 덕수는 상두의 집에 들어가 제품에 껴안고 지냈다. 제 몸으로 낳은 새끼라도 저리 극진할 수는 없었다. 이어서 풍산 강아지 백두가 왔을 때도 마찬가지였다.

얼마 지나지 않아 이들의 관계는 역전이 되었다. 덩치가 커진 백두와 상두는 정성을 다해 살뜰히 보살펴준 덕수를 툭하면 물고 괴롭혔다. 덕수는 '내가 너를 어떻게 길렀는데……'라며 원망하지 않았다. 그저 덩치가 모든 관계에 앞선다는 견칙에 따라 그 배반과 굴종의 시간들을 묵묵히 받아들였다.

거기에는 내 잘못도 있었다.

연공서열에 따라 나눠 주던 먹이가 말썽이 되었다. 덩치가 역전이 되면서 백두의 횡포가 시작되었다. 툭하면 제 선배들을 사정없이 물고 짓밟아댔다. 그래도 상두는 볼멘소리로 투정이라도 부렸지만, 덕수는 끽소리 한번 내지 않고 고스란히 당했다. 그럴 수는 없었다.

나중에는 밥도 제대로 먹지 못했다. 엄연히 세 마리의 밥그릇을 덩치에 맞게 배분하는데도 백두는 두 형들이 먹는 꼴을 보아 넘기지 못했다. 밥을 먹을 때마다 곤욕을 치르던 덕수는 아예 배를 곯아야 했다. 그게 가여워 따로 먹이를 챙겨 주면 허겁지겁 먹다가도 백두의 으르렁거리는 소리가 들리면 주춤거리며 뒤로 물러섰다. 백두와 눈빛만 마주쳐도 꼬리를 가랑이 사이로 감추며 밥그릇에서 물러서는 덕수가 가여워 뒤뜰로 데려가 몰래 고깃점이라도 챙겨 주었다. 그러나 낮말은 백두가 듣고, 밤말은 상두가 들었다. 보이지 않는 구석에 숨어서 먹여도 백두는 용케 알고 길길이 날뛰며 으르렁거리고, 상두는 나도 좀 먹자며 그 나발통 같은 목청으로 짖어댔다. 그러고 난 다음 날이면 으레 한바탕 응징이 벌어졌다. 나중에는 백두를 따라 상두까지 덕수를 학대하기 시작했다.

　나중에야 알게 되었다. 개들은 먹이로 서열을 확인한다고 했다. 밥 주는 순서를 자신의 서열로 받아들이는데, 덩치와 힘으로 위라고 생각하는 백두보다 덕수부터 밥을 먼저 준 게 문제였다. 백두는 주인에게 제 서열을 확인시키기 위해 덕수를 물어댔던 것이다. 그런데 그게 불쌍하다고 맛있는 걸 따로 챙겨 먹이니 백두 입장에선 미치다 환장할 지경이었다. 보세요, 제가 짱이라니까요 눈치 없는 주인에게 확실히 보여주기 위해 거듭된 응징으로 덕수만 곤욕을 치른 것이다. 개에게 먹이를 줄 때는 서열순으로 주어야 한다. 짬밥순이라는 말이 그냥 있는 게 아니다.

그런 곤욕을 치르면서도 덕수는 이 싸가지가 바가지로 없는 동생들을 그 짧은 다리로 따라다니며 즐거워했다. 인정머리 없는 백두와 상두는 그러거나 말거나 훌쩍 산으로 내달리고, 숏 다리의 비애로 쫓아가지 못한 덕수는 터덜터덜 집으로 돌아왔다. 턱을 괴고 제집에 앉아 있다가 동생들의 기척이 나면 달려 나가 그리 반가워할 수가 없었다. 잠시 후에 으르렁거리는 백두에게 메다 꽂히면서도 …….

엉덩이에 하트 문양을 달고 다니는 이유가 있었다. 덕수는 하늘에서 내려온 천사 개였다. 벌거벗은 채 세상에 내려와 '사람은 무엇으로 사는가'를 일깨워준 천사 미하일과 같았다. 나는 이 길고 검은 개를 만나며, 짐승들이 타고난 본능에 따라 행동하는 리비도의 존재라는 사실에 의문을 품게 되었다. 중성화 수술로 성을 잃어버린 덕수가 다른 개들에게 보이는 그 깊고 순정한 사랑은 슈퍼 에고의 정화였다. 그것이 초자아가 아니라면 무어란 말인가. 끝없이 귓가에 사랑한다는 밀어를 되뇌다가도 잇속을 위해 제 말을 사탕처럼 집어삼키고 변심하는 인간들의 사랑에 비하자면, 덕수의 사랑은 지극히 순정하고 거룩한 슈퍼 에고였다. 조만간에 나는 '개는 무엇으로 사는가'라는 책을 써야 할 기분이 든다.

덕수는 어느 추운 겨울에 아무런 기적도 없이 눈을 감았다.

몇 해를 바깥에서 잘 지냈다고 믿었던 게 화근이었다. 잣나무에 둘러싸인 숲의 끝자락에 덕수의 집을 마련해 주었는데, 그 산 주인이 집터를 닦는다고 느닷없이 잣나무들을 베어낸 것이다. 새벽에 요란한 엔진 톱 소리가 나며 아름드리 잣나무들이 쓰러지는 모습은 참혹했다. 남의 산에 심긴 나무라 할지라도 그건 차마 눈 뜨고 바라볼 일이 아니었다.

잣나무 숲이 사라지자, 차가운 북쪽의 겨울바람이 고스란히 덕수의 집으로 들이닥쳤다. 섣달그믐이었다. 밤새 찬바람이 울어대던 날, 덕수는 잠에서 깨어나지 못했다.

덕수를 묻기 위해 12월 31일에 땅을 팠다. 얼어붙은 땅은 불을 튕기며 쇳소리를 냈다. 손에 부르르 전해 오는 금속성의 진동이 온몸으로 아프게 전해왔다. 미처 헤아리지 못하고 방심했던 일이 못처럼 가슴을 찔러댔다. 허리가 잘려 쓰러지는 잣나무만 애처로이 여겨졌지, 그 숲에 기대어 살아온 덕수는 헤아리지 못한 게 가슴을 후벼팠다.

앵무새와 국수

아 는 분이 아파트에서 기르던 새를 주었다.

　　어려서부터 메뚜기에서 강아지에 이르기까지 여러 동물을 길렀지만 새는 예외였다.

　겨울방학에 시골에 내려가면 사촌 형과 새를 잡으러 다녔다. 밤이 되면 손전등을 들고 초가의 추녀를 뒤졌다. 추녀 안에서 잠을 자다 깬 박새나 참새는 전등 불빛에 눈이 부서 달아나지를 못했다. 그걸 움켜쥐던 기억은 지금도 생생하다. 손안에서 콩닥거리며 뛰는 새의 심장 고동을 따라 내 심장도 함께 콩닥거렸다.

　그 새를 길러보려 했다. 새를 어레미로 엎어 놓고 쌀알과 물을 넣어 주었다. 아침이 되어 눈이 뜨자마자 마루로 가서 새를 덮어 놓은 어레미로 달려갔다. 조심스럽게 들춰본 어레미는 텅 비어 있었다.

화롯가에서 이를 쑤시고 있던 할아버지에게 물으니 하늘로 날아갔다고 했다. 울상이 된 채 허탈하게 빈 어레미만 연신 뒤집어 보았다.

그 뒤로 새를 길러보겠다는 생각은 갖지 않게 되었다. 무엇보다 새장 안에 갇혀 지내는 새를 지켜보는 것이 힘들었다. 지켜보는 것만으로도 가슴이 답답해졌다.

그런 사정을 이야기하며 거절했지만, 새 주인은 그냥 조롱에 넣고 물과 모이만 주면 된다며 두 마리를 떠넘겼다. 머리에 긴 털이 달린 '왕관 앵무'라는 새인데, 어찌나 잘 우는지 아침이면 시끄러워 아파트에 사는 이웃들의 원성으로 퇴출되었다 한다.

새를 길러본 적이 없는 터라 그이가 시키는 대로 아침이면 마당에 내다 놓았다. 조용하던 집안에 조잘거리는 새 소리를 듣는 건 그리 나쁘지 않았다. 앵무새들에게는 '앵순이와 앵돌이'라는 이름을 붙였는데, 어느 날 앵돌이가 사라졌다. 앵순이가 주둥이로 문을 열어 올린 틈에 앵돌이가 탈출한 것이다.

혼자 지내는 앵순이가 애처로워 짝을 채워 주려고 장날 읍내에 나가 새 장수에게 물으니, 놀랍게도 한 마리에 27만

원이나 한단다. 아무리 새가 불쌍해도 내어놓기는 무거운 금액이라 앵무새 대신에 십자매 한 쌍을 넣어 주었다. 그런데 잘 지내는 듯하던 앵순이가 제 밥그릇을 넘보는 십자매들을 물어 죽였다. 앵순이는 다시 독방에서 지내게 되었다. 앵순이는 말을 하지는 못하지만, 아이가 부는 휘파람 소리를 듣고는 순전히 독학으로 <콰이강의 다리> 서너 소절을 따라 부르게 되었다. 그 후로는 <임을 위한 행진곡>을 연습 중이었다.

그런 앵순이가 탈출을 했다. 명절마다 틀어주는 <쇼생크 탈출>이란 영화를 어깨너머로 본 게 화근이었다. 벚꽃이 화사하여 나뭇등걸에 새장을 매달아 두었는데, 혼자서 문을 열고 나간 것이다. 집 주변을 둘러보아도 찾을 수가 없었다. 혹시나 하는 마음에 <콰이강의 다리>를 휘파람으로 불었다. 그러자 귀에 익은 앵순이 울음소리가 들려왔다. 까마득히 높은 전나무 꼭대기에서 내려다보고 있었다. 그러고는 앞산으로 훌쩍 날아가 버렸다. 이제는 영영 잃어버렸다고 체념했다. 날이 저물어 마당에 나가 휘파람을 불어보았다. 그때 어디선가 앵순이가 삑삑거리며 대답을 하는데 모습은 보이지가 않았다. 그날 밤부터 바람이 불고 비가 오기 시작했다. 아침이 되어 나가 보니, 앵순이가 전나무 꼭대기에서 고스란히 비를 맞고 있었다. 답답한 조롱에 갇혀 지내다가 자유를 찾아 하늘 높이 날아다니는 앵순이를 보며, 서운하면서도 한편으로는 잘되었다고 생각했는데 막상 비마저 피할 줄을 모르는 앵순이가 안쓰러웠다. 집에서 기르던 새는 바깥에서 살 수 없다던 말이 옳은 듯했다. 먹이를 찾을 줄도 모르고, 제 몸을 지킬 줄도 모르니 며칠을 버틸 수가 있을까.

앵순이는 멀리 날아가지 않고 집 근처의 전나무 꼭대기에 앉아 울었다. 고개를 뒤로 꺾고 입술이 마르도록 휘파람을 불어댔지만 앵순이는 내려올 생각을 하지 않았다. 사흘째 되던 날, 앵순의 울음소리에 잠이 깼다. 마당에 나가 보니 나지막한 벚나무 가지에 앵순이가 앉아 있었다. 고민 끝에 부엌에서 국수를 몇 가닥 가져와 내밀었다. 앵순이는 평소에도 국수를 정신 못 차리게 좋아했다. 잠시 머뭇거리던 앵순이는 이내 국수 가닥을 향해 날아왔다. 국수에 홀려 앵순이는 다시 조롱 속으로 갇히게 되었다. 안도와 더불어 '길들여지는 것'의 슬픔이 뒤섞였다.

집을 비우는 일이 잦아지며, 앵순이는 혼자 지내는 날이 늘었다. 혼자 집안에 남겨지는 게 싫은지 앵순이는 외출하는 기색을 보이면 어쩔 줄을 모르고 부산하게 새장 속을 오가며 울어댔다.

모계사회로 유명한 윈난을 여행하며 들은 이야기다. 빠이

족을 비롯한 운남성의 소수부족들은 남성을 하늘의 존재라 여겨 땅의 일을 하지 않고 새를 기르며 지낸다 하였다. 여행자들이 묵는 객잔의 추녀에도 새장이 매달려 있었다. 정성 들여 나무살을 깎아 만든 조롱 속에는 예쁜 깃털의 새들이 들어 있었다. 창가에 앉아 구슬이 굴러가는 듯한 새 소리를 듣는 즐거움을 조금은 이해할 만했다. 그럼에도 불구하고, 그 작은 새장에 평생 갇혀 지내야 하는 새를 바라보는 건 고통스러웠다. 기껏 새장에 갇혀 앙상한 발톱으로 나무살을 움켜쥔 채 하늘을 바라보며 우는 새는 전혀 즐거워 보이지 않았다. 게다가 새장 속에는 새들이 한 마리씩만 들어 있었다. 짝이라도 채워 준다면 조금은 덜 답답하지 않을까. 새장의 문을 열어 주고 싶은 충동을 억지로 참았다.

이런 느낌은 새장 속의 앵순이에게도 마찬가지였다. 텔레비전에서 보니, 어느 집의 앵무새는 방안에 풀어 놓고 길렀다. 날아다니다가도 주인이 부르면 손등에 앉았다. 아무래도 '배운' 새라고 여겨졌다. 배운 새를 한 마리 구하여 짝을 채워 줄까 싶어 청계천의 새 시장으로 나가 보았다. 과연 그곳에는 '배운' 새들이 알록달록한 색으로 치장을 하고 사람의 손등에 올라앉았다. 신기한 마음에 지켜보니, 그 새들은 아장거리며 걷기만 할 뿐 날지를 못했다. 새 장수의

말로는 날아갈 염려를 하지 않아도 된다고 했다. 사정을 물어보자, 날개의 큰 깃 두 개를 잘라서 날 수가 없게 만든 것이라 했다. 영원히 날지 못한 채 사람의 손등에 얹혀살아갈 새를 새라고 해야 할까.

빈손으로 돌아왔다.

내가 할 수 있는 건 틈날 때마다 새장을 마당으로 가지고 나가 바람을 쐬어 주는 것이었다. 살구나무 가지에 매달아 두면 앵순이도 신이 나는지 경쾌한 소리로 노래를 불렀다. 새가 우는 것과 노래하는 것은 엄연히 다르다는 사실을 그때 알게 되었다.

하얀 살구꽃이 핀 나뭇가지에서 노래하는 앵순이는 행복할까. 날갯깃을 부러뜨린 채 방안에서 마음껏 돌아다니며 사는 게 행복일까.

이런 고심이 깊어지며 앵순이는 결국 이웃에게 넘겨졌다. 여행이 늘며 집을 비우는 날이 길어져 더 혼자 놓아두기가 안쓰러웠다.

이따금 그 집을 지날 때면 앵순이가 노래하는 소리를 들을 수 있었다. 그러던 어느 날, 소리가 들리지 않았다. 주인이 먼 데로 이사를 갔다고 한다. 살구꽃이 필 때면, 하얀 꽃그늘 아래에서 <콰이강의 다리>를 흥얼거리던 앵무새가 생각난다. 행복하니?

# 빵셔틀 고양이

어느 해 겨울이었다.

비싼 기름값을 감당하기 어려워 연탄보일러를 놓았다. 농협에 신청하여 연탄을 광에 이천 장쯤 들여놓으면 한겨울을 너끈히 넘겼다. 돈이 덜 드는 반면에 불편한 점도 많았다. 하루에 두세 번씩 연탄을 가는 게 여간 성가신 일이 아니었다.

그날도 연탄을 갈러 광에 들어갔을 때였다. 무언가 부스럭거리며 움직이는 게 보였다. 어떻게 연탄 광에 들어왔는지 고양이 한 마리가 웅크리고 있었다. 보나 마나 산에서 지내던 들고양이로 보여 밖으로 내보내려는데, 등을 웅크리고 거친 숨을 내쉴 뿐 나갈 생각을 않는다. 억지로 내쫓으려는데 지켜보던 아내가 말렸다. 새끼를 낳으려고 들어왔나 보다는 말에 살펴보니, 과연 고양이의 배가 불룩했다. 추운 겨울에 새끼 밴 고양이를 내쫓을 수는 없었다. 연탄 광의 한구석에 헌 이불을 깔아 자리를 마련해 주었다. 틈틈이 먹이를 챙겨 주는 아내의 덕에 고양이는 얼마지 않아 연탄 광 속에서 새끼를 낳았다. 엄동설한에 어린 새끼 고양이들을 밖으로 내몰 수는 없었다. 봄까지 기다리기로 했다. 연탄을 갈러 갈 때마다 어미 품에 안겨 젖을 빠는 새끼 고양이들은 귀엽기만 했다. 얼마지 않아 새끼 고양이들은 발발거리며 연탄 광 안을 돌아다녔고, 눈을 뜰 때부터 접한 탓인지 사람의 손을 피하지 않았다.

이런 소문을 들은 지인이 기르고 싶다 하여 젖을 뗄 무렵에 한 마리를 보냈다. 어두운 연탄 광에서 검댕을 묻히고 살던 고양이가 사랑하는 주인을 만나 행복하게 살 줄 알았다.

두어 달이 지나지 않아 고양이가 돌아왔다. 들고양이 새끼의 야성 때문인지 주인이 감당할 수가 없다고 했다. 집안을 헤집고 다니며 긁어대는 바람에 새 침대가 해지고, 벽지를 갈기갈기 찢어 놓아 기를 수가 없다고 했다.

돌아온 고양이는 다시 어미의 품에 돌려보냈다. 형제들은 광을 빠져나와 마당을 뛰어다니며 한창 장난을 칠 무렵이었다. 문제는 두어 달 만에 돌아온 새끼 고양이를 가족들이 받아들이지를 않았다. 외톨이가 되어 빙빙 도는 고양이를 보며 괜한 짓을 했다고 자책했다. 고양이들은 아예 터를 박고 집 주변에서 살았다.

나는 고양이가 그렇게 빠르게 자라는지를 알지 못했다.

얼마지 않아 새끼는 어른이 되고, 다시 새끼를 낳고, 누가 누구인지도 모를 고양이들로 버글거렸다. 고양이들이 지붕에 올라가 긁어대는 통에 비가 오면 천정이 샜다.

견디다 못해 아내에게 고양이들에게 먹을 것을 주지 못하게 했다. 이대로 가다가는 수백 마리의 고양이들에 둘러싸일 판이었다. 어떤 종교의 교리까지 들이댔다. 소선이 대악을 낳는다오 산에서 제힘으로 살아가던 고양이들에게 먹이를 주다가 훌쩍 이사라도 가고 나면 그다음에는 고양이들이 어떻게 살라고 버릇을 들이려오.

몇 번이고 몰래 먹이를 주다가 발각된 아내는 내 엄포에 더 이상 사료를 사 오지 않았다. 갑자기 먹이가 끊긴 고양이들은 아내가 설거지를 하면 부엌의 창가로 몰려와 떼를 지어 울어댔다. 일부러 큰 소리를 질러 고양이를 쫓았다. 그런 뒤로 고양이들은 창가에 몰려와 울어대지는 않았다. 그 뒤에도 아내는 몇 차례 나 모르게 먹이를 주다 들켰다. 아무리 마음을 다잡아 먹었다가도 창가에 와서 바라보는 고양이의 애절한 눈빛을 보면 먹이를 주지 않을 수가 없다고 호소했다. 도대체 고양이가 무슨 애절한 눈빛을 짓느냐고 코웃음을 쳤다.

어느 날이었다. 부엌에서 설거지를 하는데, 고양이 한 마리가 부엌의 창문으로 다가와 쪼그리고 앉았다. 고양이는 소리를 내어 울지도 않았다. 가만히 웅크리고 앉아 애절하게 나를 바라보는 그 눈을 대하는 순간 가슴의 방벽이 스르르 해제되는 걸 느낄 수 있었다. 사람으로 치자면, 리즈 테일러의 눈보다 더 애잔하며 호소력 있는 눈빛이었다. 세상의 어떤 울음보다 더 애절하게 그것은 내 마음에 호소했다. 설거지하던 그릇을 든 채 아내에게 말했다.

"여보, 고양이에게 먹이를 줘요."

그 고양이의 이름은 리즈가 되었다. 그런데 끼니때가 되면 찾아오는 건 늘 리즈뿐이었다. 혹시나 하고 창을 열고 살피니, 멀찌감치 떨어진 집 모퉁이 뒤로 화들짝 몸을 숨기는 고양이들이 눈에 띄었다. 그것들은 담벼락에 몸을 숨기고 고개만 비죽 내민 채 리즈가 창문에 쪼그리고 앉아 하는 양을 지켜보고 있었다. 학교에서 힘이 약한 친구에게 빵 심부름을 시키는 '빵셔틀'이라는 것이 문제가 되던 무렵이었다. 고양이들도 일진 짱이 있고, 빵셔틀 고양이가 있다는 걸 알게 되었다.

그 일이 있고부터 먹이를 주지 않았고, 고양이들은 얼마 지나지 않아 각자도생의 길을 나섰다. 고양이들이 떠나자 새들이 찾아왔다. 리즈 고양이가 쪼그리고 앉던 창밖으로, 곤줄박이가 진달래 가지에 앉아 지저귀었다. 이따금 담벼락에 붙어 엿보던 고양이들의 안부가 궁금했다.

십여 년이 지났을까. 누런 옷을 입은 고양이가 집 주변을 맴돌았다. 그럴 리가 없지만 그건 분명히 리즈였다. 합리적으로 말하자면 리즈의 몇 대 후손일 것이다. 아내는 영화 <내 어깨 위 고양이 밥>[10]에 등장하는 고양이의 이름을 빌려 '밥(BOB)'이라고 이름을 붙여 주었다. 또 어떻게 감당하려고 이름까지 지어주느냐고 말렸다. 아내는 그 뒤로도 나 모르게 틈틈이 먹이를 주는 눈치였다. 얼마 지나지 않아, 살구나무 아래에서 귀여운 새끼 고양이들이 오물거리며 기어 다니고 있었다. 생각 같아선 한 마리 안아 들고 쓰다듬고 싶었지만 참았다. 사람의 손길이 닿지 않은 채 온전한 고양이로 살아가기를 바랄 뿐이다. 연분홍 살구꽃 한 장이 새끼 고양이들 위로 솜털처럼 내리 덮였다. 또 다른 봄이 시작되고 있었다.

• •

10. 로저 스포티스우드 감독의 2016년 영화 <내 어깨 위 고양이 밥(A Street Cat Named Bob)>.

오늘의 교훈.

고양이 학교에도 빵셔틀 예방 대책위원회를 설치해야
한다.

# 하얀 장화를 신은 비글

비글에게 반한 것은 한 장의 사진 때문이었다. 어느 호프집에 걸어 놓은 액자에서 본 듯하다. 액자 속에는 챙 넓은 모자를 쓴 아이가 낚싯대를 어깨에 걸치고, 큼지막한 송어를 든 채 걸어오는 사진이 들어 있었다. 아이 옆에선 점박이 개가 두 귀를 너풀거리며 따랐다. 정지된 이미지였지만, 그 사진을 들여다보면 모처럼 큰 고기를 낚은 소년의 콩콩 뛰는 심장 소리와, 덩달아 신이 난 강아지의 숨소리가 고스란히 느껴지는 듯했다.

이 사진 한 장이 나를 낚시에 십여 년 동안 빠지게 했다. 그 이야기는 따로 책을 써야 할 것이다. 책 한 권 사서, 개와 물고기의 모든 걸 읽으려 하지 말자. 작가도 먹고살아야 한다.

그 당시의 내 꿈은 안방에 누워서 창문으로 낚시를 드리우는 삶이었다. 집을 팔아 침실이 딸린 요트를 사려다가 돈이 모자라 실패하고, 강변의 집을 찾으러 다니느라 웬만한 부동산업소는 다 돌아다녔다. 십 년 동안 묻기만 하고 사지는 않자, 나중에는 찾아가도 문을 열어 주지 않았다. 아마 전국부동산중개인협회의 총회에서 유의할 인물로 소개가 된 듯하다. 누구는 사고 싶지 않겠는가. 물가의 땅들은 공급에 비해 수요가 많았다. 모자란 돈을 모아 가면 물가의 땅값은 곱절로 뛰어올라 있었다. 십 년 동안 연구한 결과, 한민족이 물가에 붙어살기를 꿈꾸는 해양 민족임을 알게 되었다. 조상이 해양이든, 유목이든 결론은 돈이 모자란 나는 산으로 들어와 살게 되었다.

산에 들어와 살며, 비로소 낚시 미늘에서 벗어나게 되었다. 맹자의 어머니가 어찌하여 세 번이나 이삿짐을 꾸렸는지 실감했다.

낚시는 잊었지만, 문득 사진 속의 개가 생각났다. 이리저리 알아보니, 그건 비글이라는 품종의 개였다. 그것이 미국의 시골에서 흔히 기르는 컨츄리 독(컨츄리 *꼬꼬*와는 품종이 전혀 다름에 유의하시라)이라는 걸 알게 되었다. 시골 개라는 점이 우선 마음에 들었다. 그날부터 이리저리 찾아

헤맨 끝에, 지방에 사는 지인이 비글 강아지를 보내 주었다. 나는 설레는 마음으로 비글이 오기로 한 고속버스 터미널로 향했다. 그때 처음 알았다. 고속버스로 강아지도 배달된다는 사실을.

숨구멍을 듬성듬성 뚫어 놓은 라면상자에서 까만 코가 쿵쿵거리는 동안 벌써 내 심장은 쾅쾅 뛰었다. 멀미라도 했을까 싶어 살짝 상자를 열어 보니, 얼룩덜룩한 옷을 입은 비글이 고개를 내밀었다.

서둘러 집에 데려와 방안에 풀어 놓자, 갈색과 검은 점이 박힌 몸통에 하얀 장화를 신은 개구쟁이 소년이 나타났다.

어찌 알았는지, 덕수가 거실 창에 턱을 괴고 어린 동생을 지켜보고 있었다. 며칠 동안 집안에서 지낸 비글에게 상두라는 이름이 붙여졌다. <상두야 학교 가자>라는 드라마가 한창 인기를 모을 때였는데 아들이 붙인 이름이었다.

나중에야 알았다. 이 개구쟁이 소년 같은 비글이 이른바 '3대 지랄견'(내가 붙인 말이 아니다)이라는 사실을. 어린 지랄견은 덕수의 극진한 보살핌을 받았다. 핥고 빨고, 행여 넘어질까 다칠까 늘 그 짧은 다리로 종종거리며 뒤를 따라다녔다. 그 덕분에 상두는 부쩍부쩍 자랐다.

덩치가 커진 상두는 본격적으로 산을 뛰어다녔다. 밤새 산을 돌아다니며 목이 쉬도록 짖어댔다. 나중에야 알았다.

비글은 수렵견 중에서도 숲을 뒤져 숨어 있는 사냥감들을 찾아, 요란스레 짖어 주인에게 알리고, 튼튼한 다리로 쫓는 개였다. 그러니 밤이 깊어져 산속에 돌아다니는 토끼며, 고라니며, 다람쥐며, 청설모며, 바스락거리는 소리만 나도 쏜살같이 달려가 그 타고난 목청을 다해 짖어대는 것이었다. 그것도 모르고 주인은 잠속에 빠져 있으니 얼마나 애달팠을까. 말하자면 비글은 짖고 달리기 위해 태어난 개였다. 그런 역사적 사명이 있는 개를 아파트의 좁은 방 안에 가둬 놓고 기르는 것은 고문이나 다름없다. 그를 돌봐야 하는 주인도, 밤새 짖어대는 개 소리를 들어야 하는 이웃에게도 그건 지독한 형벌인 것이다. 이렇게 '타고난 저마다의 소질을 오늘에 되살리는' 비글에게 '지랄'이라는 말을 사용하는 것은 개의 입장에서 보면 지랄맞은 일이다. 지랄견이라고 비난하지 말고, 비글이 가지고 태어난 지랄의 총량을 쓸 수 있는 기회를 주어야 한다.

비글의 다리는 짧아도 튼실했다.

누이동생이 집에서 털 뭉치 같은 개를 길렀는데, 사람만 보면 유리창을 손톱으로 긁어대는 소리로 짖어댔다. 몇 번 드나들면 친해질 만도 한데, 포메라니안이라는 개는 그렇지 않았다. 어느 날 누이의 집에 놀러 갔는데, 안고 있던 개가 사납게 짖어대며 총알처럼 뛰어내렸다. 아마 자신이 개라는 걸 깜박 잊고 총알인 줄 알았나 보다. 개는 비명을 지르며 다리를 절룩거렸다. 급히 병원에 데려가니 다리가 부러졌다는 것이다. 품 안에서 뛰어내려도 다리가 부러지는 개에 비하자면, 비글은 거의 무쇠 팔과 무쇠 다리를 가진 마징가 제트 개다.

상두는 덕수와 마찬가지로 긴 귀를 가졌다. 그 귀에 진드기가 들러붙는 게 흠이다. 온종일 숲과 풀밭을 뒤지고 다니는 바람에 귀를 들춰보면 단추만 한 진드기들이 다닥다닥 붙어 있었다. 이 진드기라는 것이 손으로 떼어도 떨어지지를 않는다. 머리를 들이박고 피를 빼는 바람에 몸통은 떨어져도 머리와 입은 박혀 있다고 한다.

시골에서 개를 풀어 놓고 기르면 피하기 어려운 게 진드기다. 가축병원에 가면 가루로 된 구제약이 있는데, 주기적으로 몸에 발라 주면 효과적이다. 하얗게 약을 뿌려준 뒤에는 재빨리 피해야 한다. 십중팔구 개들이 온몸을 흔들어 터는 바람에 진드기약을 한껏 들이마실 수도 있다. 진드기약은 진드기가 먹어야 한다.

비글은 백두와 달랐다.

산책을 가면 백두는 몇 걸음 앞서 가다가도 주인을 돌아보고 멀리 가지 않았다. 주인이 멈추면 되돌아와 그 곁에서 기다렸다. 그런데 비글은 주인이 어디에 있든 신경을 쓰지 않고 오로지 땅에 코를 대고 앞만 보고 내달렸다. 그리고 산속의 어디선가 짖어댄다. 백두가 뒤를 돌아보고 눈으로 주인을 확인한다면, 상두는 소리로 확인했다. 산벚이 하얗게 피는 봄날, 산속으로 사라진 상두는 보이지 않고 이따금 짖어대는 소리가 아른하였다.

다만 이 산속에 계시나(只在此山中)
구름이 깊어 계신 곳을 알 수 없다(雲深不知處)[11]

한시의 한 도막이 생각나는 순간이었다. 주인이 한시를 읊거나, 팝송을 중얼거리거나 상두는 온종일 어디를 돌아다니다가 저녁이 되어야 집으로 돌아왔다. 잠시 배를 채우고, 날이 어두워지면 밤새 온 산을 넘나들며 짖어댔다. 그게 상두의 일과였다. 날이 저물면 들어와 집을 지키는 백두와는 달랐다.

그러던 상두가 집에 들어오지 않았다. 풀어 놓고 길러서인지 밤낮으로 숲을 뒤지고, 산을 넘나들지만 끼니때가 되면 밥을 먹으러 돌아오곤 했다. 그즈음 들어 마을까지 드나드는 걸 보면 어린 강아지로 여기던 상두가 사춘기에

• •
11. 가도(賈島)의 한시 「尋隱者不遇」 중 일부.

들어선 모양이라고 짐작했다. 사랑스러운 암캐를 만나 데이트라도 즐기나 보다 싶었다.

사흘째로 접어들면서 걱정이 되었다. 암캐 주인에게 붙잡혀 있는지, 아니면 길을 잃었나 싶어 마을을 한 바퀴 돌아보았지만 어디에서도 상두는 뵈지 않았다. 날은 저물고, 평소에 고라니를 쫓느라 녀석이 넘나들던 광대울 산자락으로 돌아보았다. 도로공사로 어수선하던 광대울은 겨울로 접어들며 한산했다.

이리저리 휘파람을 불어도 겨울 산은 고즈넉하기만 하다. 지난해, 집 주변의 산에 놓여 있던 올무와 멧돼지 덫이 생각났다. 해가 기울며 겨울 산은 빠르게 땅거미에 덮여가고 골을 타고 불어오는 바람이 차갑기만 하다. 첩첩이 산으로 둘러싸인 광대울에서 이리저리 몸을 돌려가며 휘파람을 길게 불어보았다. 빈 바람 소리만이 들려왔다. 겨울의 해는 서둘러 기울고, 마음은 조급해진다. 집으로 돌아가려던 걸음을 멈추고 마지막으로 휘파람을 길게 불어본다. 조용하다. 그리고 발을 돌리는 순간, 바람결에 어렴풋이 개 짖는 소리가 들리는 듯하다. 걸음을 멈추고 귀를 세워 보지만 어두운 산은 적막하다. 이제는 환청까지 들리는 모양이라고 몇 걸음 내딛는 순간, 이번엔 좀 더 또렷이 개 짖는 소리가 들려왔다. 귀에 익은 상두의 울음소리였다.

허겁지겁 그 소리가 들려온 골짜기로 무작정 달려갔다. 개의 울음소리는 꽤 멀리서 들려왔다. 어쩌다가 그 깊은 산까지 갔을까. 마음이 다급하여 어두운 산길을 오르다가 쪽동백 가지가 호되게 얼굴을 때린다. 눈물이 핑 돌 정도로 아프다. 그래도 어두운 산속에 쭈그리고 있을 상두를 생각하니 주저할 겨를이 없다. 가파른 산은 벌써 짧은 해를 집어삼키고 짙은 어둠이 내리 덮였다. 빽빽한 나무들과 덤불이 들어찬 산길은 도저히 그대로 오를 수가 없었다. 어둠 속에서 간간이 개 짖는 소리가 들렸지만 도무지 방향이 가늠이 되지 않았다. 산으로 오를수록 얼마 전 내린 눈이 얼어붙어 몇 차례나 나동그라졌다. 결국 녀석을 산중에 버려둔 채 집으로 내려와야 했다.

날이 밝는 대로 찾아 나설 생각이었다. 집으로 돌아왔지만 어두운 산속에서 밤새 떨고 있을 상두가 눈앞에 자꾸 어른거렸다. 등산화를 챙겨 신고, 손전등을 찾아들었다. 밤길을 되짚어 개를 찾으러 산속으로 들어섰다. 상두가 있음 직한 곳은 천마산 자락이 이어지는 철마산 능선이었는데, 평소에 등산객들도 찾지 않는 곳이었다.

엎어지고 미끄러지면서 나는 올무나 덫을 놓는 사람들과, 제멋대로 깊은 산까지 들어간 개를 번갈아 가며 원망했다. 올무야 발목에 걸려도 나동그라지는 정도지만, '쩍'이라 불리는 멧돼지 덫을 잘못 밟았다가는 발목이 잘릴 판이다. 쩍은 낙엽으로 교묘히 덮어 놓아 한낮에도 눈에 잘 띄지 않았다.

캄캄한 산길을 한참 기어오르자, 상두가 짖는 소리가 들려왔다. 휘파람과 울음소리로 서로를 확인하며 거의 칠부 능선까지 다다랐다. 눈에 덮인 이 산꼭대기까지 상두는 왜 올라왔을까. 상두가 짖는 소리가 가까워지며, 부스럭거리는 발소리까지 들려왔다. 마침내 참나무 등걸 아래서 꼬리를 흔들며 맴을 돌고 있는 상두를 찾았다. 사흘 동안 산중에서 매서운 추위를 견디며 고생을 한 녀석의 눈은 붉게 충혈되어 있었다.

우려했던 대로 녀석의 목에는 올무가 걸려 있었다. 가느다란 강선 가닥을 꼬아 만든 와이어 줄이 다행스럽게도 상두의 두꺼운 목 띠에 걸려 있었다. 목 띠가 아니었다면 버둥거릴수록 올무가 목을 조여 죽고 말았을 것이다. 가지고 간 니퍼로 와이어 줄을 끊어내는 순간, 철선 끝에서 번쩍 불똥이 튀었다. 고라니든, 너구리든 한번 걸려들었다가는 제 살을 파고들어 마지막 숨을 거두는 순간까지 결코 놓아주지 않을 완강한 철선이었다.

개를 데리고 산을 내려오면서, 철선보다 더 완강하고 차가운 사람의 마음을 떠올렸다. 추운 겨울 산을 기어 올라와 올무를 놓고 간 이는 누구일까. 한겨울 파적이라면 생명을 도락으로 삼는 그 마음이 고약하고, 돈벌이나 보양거리로 삼는다면 그 탐욕이 징그럽다.

그런 일이 있고서 상두는 줄에 매어 지내야 했다. 이따금 산책을 갈 때도 목줄을 매야 했다. 올무에 걸려 세상을 떠나는 것보다는 나은 일이지만, 익숙지 않은 목줄을 질겅거리며 물어대는 모습은 지켜보기 힘들었다. 줄에 매인 상두는 상두가 아니었다. 개에게도 우울증이 있다는 걸 알게 되었다. 그런 상두를 볼 때마다 풀어서 기른 게 후회되었다. 어려서부터 줄로 매어 길렀다면 그 우울함도 덜하지 않았을까. 무엇이 옳은지 가늠이 되지 않는다.

지금은 세상에 없지만, 진달래가 연분홍으로 산을 물들일 무렵이면, 하얀 장화를 신고 봄 산등성이를 내달리던 상두가 생각난다. 상두는 개구쟁이 소년의 영혼을 지닌 개였다. 지랄견이라고 말하기 전에, 그 명랑함을 옥죄고 가둔 인간의 지랄을 돌아보게 된다.

# 개마고원을 달리는 개

**견**넛마을 불당골에 사는 지인에게 얻었다. 풍산개가
흔치 않을 때였다. 호랑이를 사냥하는 개라는 이야
기가 전설처럼 들렸다. 비록 사람은 오가지 못하여도 개마
고원이나 백두산 기슭을 뛰어놀던 풍산개를 만난다는 것은
가슴 벅찬 일이었다.

첫인상은 흡사 백설기에 검은콩 두 개를 박아 놓은 느낌이
었다. 흰 털에 새카만 눈을 가졌는데, 무엇보다 마음을
사로잡은 것은 반쯤 끝이 구부러진 귀였다. 무슨 근거인지
는 모르지만, 나는 바짝 치켜 올라간 귀를 가진 개를 좋아하
지 않았다. 그래서 진돗개를 길러본 적이 없었다. 활을
팽팽하게 당긴 듯한 긴장감이라고나 할까. 바짝 치켜 올라

간 개의 두 귀를 보면 바늘 하나를 떨어뜨려도 신경질적으로 짖어댈 듯한 기분이 들었다.

얻어온 풍산개는 두 귀가 올라가다가 끝부분에 이르러 살그머니 꺾인 것이 마음에 들었다. 귀는 흔히 개의 순혈을 따지는 증표였다. 귀가 올라가면 순종 개이고, 귀가 접힌 개는 똥개라고 했다. 그래서 강아지를 얻어오면 늘어진 귀를 바늘로 찔러 신경을 통하게 하여 귀가 곤두서게 했다. 한 번도 그런 짓을 해보지는 않았다. 똥개 소리를 듣더라도 강아지의 귀를 바늘로 찌를 엄두가 나지 않았다. 공교롭게 도 내가 기른 개들은 미니핀과 치와와를 제외하고는 거의 귀가 늘어진 것들이었다. 나중에 어느 책을 읽다가, 귀가 늘어진 개들은 멀리 보면 그 조상이 사냥을 하던 엽견이고, 귀가 곤두선 개들은 집을 지키는 번견에 가깝다는 내용을 알게 되었다.

풍산개가 어떻게 그 살벌한 휴전선을 넘어 내 집에 왔는지 는 모르지만, 어린 풍산개에게 '백두'라는 이름을 붙여 주었 다. 사람은 오가지 못하더라도 개들이라도 백두에서 한라까 지 자유롭게 오가게 되기를 바랐다.

백두는 어려서부터 싹수가 달랐다. 바깥에 집을 마련하고 요를 푸짐히 깔아 주었는데, 집에 들어가지 않고 땅바닥에 웅크리고 잤다. 나중에 알았지만 풍산개는 추위에 강해서 웬만한 추위가 아니면 좁은 개집 안에서 자지 않았다. 한겨울에 두툼한 요를 깔아 주어도 날이 풀리기 무섭게 물어다 밖으로 끌어냈다. 진드기를 잡아주며 알게 된 사실인데, 풍산개의 털은 속살이 보이지 않을 정도로 촘촘했다. 날이 더워지면 그 촘촘한 겨울털을 벗고 헐렁한 옷으로 갈아입었다. 털은 빠지고, 빠졌다. 백두의 한해는 옷 갈아입다가 끝난다 해도 과장이 아닐 정도였다. 빗으로 다듬어 주어도 끝이 없이 빠졌다.

풍산개를 묶어 놓고 기른다면 자주 빗질로 털을 다듬고 골라주어야 한다. 가장 좋은 방법은 개를 풀어 놓아주는 것이다. 산이나 숲을 뛰어다니며 가시나 나뭇가지에 자연스레 묵은 털을 털어냈다. 몇 해가 지나지 않아 집 주변의 산들은 백두의 털들로 희끗희끗 덮일 지경이었다.

# 백두의 사랑

**백**두는 순식간에 덩치가 컸다. 함께 지낸 덕수와 상두의 곱절은 되었다. 덩치가 자란 백두에게도 사랑이 찾아왔다. 암컷인 백두의 첫사랑은 은밀했다. 이따금 누런 털을 지닌 발바리가 찾아왔지만, 덩치로 보아 도저히 이루어질 수 없는 사랑이었다. 덩치로 사랑을 판단하는 경박함을 용서하시라. 백두보다 상두와 덕수가 '말도 안 된다!'며 울부짖어댔다. 뻔질나게 발바리는 집 주변을 맴돌았지만 '가까이 하기엔 너무 먼' 백두와 사랑을 나눌 수가 없었다.

그런 백두가 새끼를 낳았다. 그녀의 사랑은 아무도 알지 못했다. 한 번도 사랑의 현장을 보여준 적이 없었다. 그녀의 사랑이 어떻게 왔는지는 상두도, 덕수도, 릴케도 몰랐다.

사랑이 어떻게 너에게로 왔는가.
햇빛처럼 꽃보라처럼
또는 기도처럼 왔는가.[12]

백두의 사랑은 기도처럼 왔다. 배가 불렀는지도 모르게, 틈만 나면 산으로, 들로 뛰어다니기만 했던 것 같은데 개장에서 무언가 오물거리는 게 눈에 띄었다. 백두의 강아지였다. 모두 네 마리의 강아지는 어미를 닮은 하얀 것도 있었지만, 분홍에 가까운 크림빛을 띤 것도 있었다.

그런데 백두의 품에 안겨 젖을 빨던 강아지들이 어느 날 감쪽같이 사라졌다. 백두 혼자 마당을 어정거리고 강아지들은 뵈지 않았다. 주변을 살피는데 뒷산에서 강아지들이 기어 다녔다. 어느 틈에 강아지들을 산에다 물어다 놓은 것이다. 그런데 눈에 띈 것은 세 마리뿐이었다. 강아지들을 개집에다 넣어 두고 어미가 찾아오기를 기다렸지만 하루가 지나도 한 마리의 미아는 소식이 없었다. 주변의 산기슭을 뒤져 보아도 도무지 찾을 수가 없었다. 백두에게 찾아오라

..
12. 라이너 마리아 릴케의 시 「사랑이 어떻게 너에게 왔는가」 일부.

고 시켰지만 세 마리를 혀로 연신 핥아댈 뿐 산 쪽으로는 가지도 않았다. 다시 새끼들을 물어다 깊은 산에 숨길까 싶어 어미를 묶어 놓았고, 잃어버린 강아지는 끝내 찾지 못했다.

강아지가 젖을 떼게 되어 지인들에게 나눠 주었다. 그게 화근이었을까. 첫 새끼들과의 헤어짐 때문인지, 그 뒤로 백두는 새끼를 낳지 않았다. 어른들은 불강아지가 되었다고 했다. 산중에 외따로 사느라 상대를 만나지 못한 탓일까 싶어 건넛마을의 풍산개 수컷을 찾아갔다.

더부룩한 털이 사자처럼 생긴 수컷은 백두를 보며 반색을 했지만, 어쩐 일인지 백두는 몸을 사리며 앙칼지게 이를 드러냈다. 몇 번인가 집적거리던 수컷도 지쳤는지 하룻밤을 한 우리에서 지내고도 끝내 사랑은 이루어지지 않았다. 그 후로 13년을 지상에서 살면서 백두는 끝내 사랑의 짝을 만나지 않았다. 첫사랑이 너무 깊었나. 물론 그 누런 발바리를 닮은 수캐도 다시는 찾아오지 않았다.

개건 사람이건 교육이란 것에 회의감을 품고 있던 주인을 만나, 개들은 학교를 다니지 아니하였다. 그렇다고 검정고시를 본 것도 아니고, 대안학교나 홈스쿨링을 한 것도 아니다. 그저 풀어 놓으면 하늘이 알아서 가르칠 것이고, 스스로 익힐 것이라 여겼다. 말하자면, "공중 나는 새와 들에 핀

백합처럼, 심지도 않고 거두지도 않고 창고에 모아들이지도 아니하며, 수고도 아니하고 길쌈도 아니하여도" 다 살아가리라 여겼다. 아니, 더 행복하게 살리라 믿었다. 그것은 아무래도 절겅거리는 쇠줄과 목을 조이는 목도리에 대한 트라우마 탓일지도 몰랐다. 나는 개들에게 손을 달라고 한 적도 없고, 앉으라고 억지로 엉덩이를 누르며 가르쳐본 적도 없다. 닭을 물거나, 흙투성이 발로 겅중거리며 달려들거나, 산이 아닌 마을로 가려고 할 때만 안 된다고 소리를 치는 정도였다. 말하자면 백두나 상두는— 중도에 퇴학을 한 덕수는 조금은 배운 개다— 무학이요, 가방끈이 짧다 못해 아예 쥐어본 적이 없었다. 개에게도 신성한 병역의 의무가 있다면, 군대에서도 받아주지 않을 학력 미달인 셈이다. 나는 그렇다고 백두나 상두가 이따금 면사무소 옆의 마트에 가면, 꽃무늬 옷을 입고 유모차를 타고 온 몰티즈나 푸들에 비해 상스럽거나 야만스럽다고는 생각지 않는다. 특히 풍산개 백두는 산책을 나가도 제멋대로 내달리지 않았다. 주인과 보조를 맞추거나, 몇 걸음을 앞섰다가도 뒤를 돌아보고 기다리는 예의를 지켰다. 충동적으로 닭을 물고는 이내 제집으로 들어가 눈치를 살피며 자숙하는 염치도 있었다.

백두를 앞세우고, 흰 장화를 신은 상두가 긴 귀를 너풀거리며 큰 소리로 짖고, 덕수가 짧은 다리로 호젓한 산길을 오르던 그 시간들이 행복했다. 혼자서 걸어 오르면 숨이 턱에 차고, 지루한 산행도 개들과 함께하면 즐거웠다. 덤불 속에서 꿩이 푸드덕 날고, 산토끼라도 튀어나오면 네 마리(세 마리의 개와 한 마리의 인간)가 떼를 지어 쫓고, 얼음이 녹은 샘물을 함께 나누어 마시던 시간들은 어느 학교에서도 얻을 수 없는 즐거움이었다. 배운 개들이 아니라고 행복하지 않은 것은 아니다.

황소의 목을 물어뜯어 쓰러뜨리는 도박을 위해, 주걱턱과 안짱다리로 길러진 불독이나, 좁은 우리에 들어가 상대의 급소를 물어뜯어 죽이는 법을 배워야 하는 투견이나, 폭탄을 매달고 적진으로 뛰어 들어가 자폭하는 법을 배울 바에는 못 배운 개로 사는 편이 낫다.

# 주인을 놓아두고 달아나는 백두

**풍** 산개 세 마리가 호랑이를 잡는다고 했다. 호랑이가
없어 그 말의 진위는 확인하지 못했다. 다만 호랑이
처럼 사나운 개와의 만남은 있었다.

얼마 떨어지지 않은 이웃에 무서운 개가 살고 있었다.
척 보기에도 인상이 사납고 두터운 턱에 끝없이 진득거리는
침을 흘리는 풍신이 여간 험악해 보이는 게 아니었다. 개를
기르기 위해 마당이 있는 집으로 이사 왔다는 주인은 무서워
하는 사람들에게 이리 말했다.

"우리 집 개는 안 물어요"

15,000년 전, 이라크의 팔레가우라 동굴에 살던 고대인들
이 개를 기른 이래로, 주인들의 말에 따르면, 이 세상에

무는 개는 없었다.

　어느 날이었다. 옛날의 이야기책에 보면 사건은 늘 어느 날에 일어났다. 그리고 원수는 외나무다리에서 만나는 게 아니라 산모롱이에서 만났다. 백두에게 목줄을 매어 산책을 나갔을 때였다. 고갯길을 오르면 비스듬히 구부러진 산모롱이가 있었다. 막 산모롱이를 돌아섰을 때, 맞은편에서 시커멓게 생긴 개가 오고 있었다. 육중한 몸에 시커먼 털을 뒤집어쓴 개는 그야말로 저승차사 같았다. 다행히 여주인이 목줄을 쥐고 있었다. 백두를 본 이웃집 개는 숙달된 조교처럼 자세를 낮추고 땅에 엎드렸다. 무언가 프로 냄새를 확 느끼게 하는 태도였다. 사납게 짖어대는 것보다 더 공포를 느끼게 하는 자세였다. 여차하면 달려들 태세로 엎드려 있던 개는 잠시 후 거친 숨을 내쉬며 앞으로 다가왔다. 유감스럽게도 여주인은 개의 힘을 이기지 못했다. 개는 정면으로 으르렁거리며 다가오고, 안 된다는 말을 수없이 외치던 여주인은 넘어지며 목줄을 놓치고 말았다.

　줄에서 풀린 개는 거침없이 다가와 잔뜩 겁을 집어먹은 백두의 턱 밑에 제 턱을 바짝 들이밀었다. 허연 이를 드러내며 상대의 가슴에 기댄 채 으르렁거리는 장면은 극한의 공포를 느끼게 했다. 나는 조폭 영화에서 악당이 상대의 입에 거의 키스라도 할 정도로 얼굴을 들이미는 장면이 어디에서 왔는지를 알게 되었다. 그건 요란스레 짖어대며 물어뜯는 것보다 더 공포를 느끼게 했다. 얼굴을 뒤로 빼며 그 시커먼 개와의 키스를 피하던 백두는 신경질적으로 짖어대더니 (그건 거의 비명에 가까웠다. 통역하자면, "점잖지 못하게 왜 이러세요!") 급기야 주인을 팽개치고 쏜살같이 달아났다. 시커먼 개 앞에 혼자 남겨진 주인의 손에는 백두가 벗어 놓고 간 빈 목도리만이 들려 있었다. 그건 도저히 구조적으로 풀릴 수 없는 이적이었다. 고리의 걸쇠를 풀어 내지도 않은 채, 그 작은 고리에서 어떻게 머리를 빼낼 수 있었을까. 곡예나 마술에 가까운 일이었다. 개는 사라지고 주인만 혼자 남아 공포에 떠는데 과연 그 시커먼 개는 그 주인의 말대로 물지는 않았다. 다만 얼굴을 들이대고 험악한 키스를 하려 할 뿐이었다. 넘어진 여주인이 정신을 차리고 개를 데리고 돌아갔다.

덩그러니 빈 목도리만 들고 서 있자니 꽤 멀리 떨어진 곳에서 백두가 눈을 힐끔거리며 쳐다보고 있었다. 백두가 호랑이를 잡는다는 풍산개가 맞는지 심각한 의문에 빠져들었다.

주인을 팽개치고 저만 살겠다고 달아난 백두가 한심하고 야속했다. 집에 돌아와 생각하니 조금 이해가 되었다. 얼마나 무서웠으면 잔뜩 조인 목도리마저 벗어내고 달아났을까.

사람도 천차만별이다. 모든 인간이 타이슨처럼 강한 주먹을 지니지 않았듯이, 풍산개도 풍산개 나름이다. 겁 많고 소심한 풍산개도 있어야 했다.

어쩌면 시커먼 개가 호랑이가 아닌 게 문제일지도 모른다. 만약 호랑이였으면 백두는 목숨을 걸고 싸워 주인을 지켰을 것으로 생각하기로 했다.

나중에야 그 시커먼 개가 히틀러가 침대 밑에 두고 길렀다는 로트와일러라는 걸 알았다. 그 개의 악명은 대단했다. 2차대전 중에 독일군의 군견으로 전장에 투입된 로트와일러에게 미군은 심각한 피해를 입었다. 미군이 이에 대응할 사나운 개를 만들어낸 것이 투견으로 유명한 핏불테리어라고 한다. 핏불테리어는 미 해병의 마스코트가 되었다.

전쟁이 끝난 뒤의 로트와일러는 어찌 되었을까. 교도소에서 탈옥수를 지키는 경비견으로 사용되었는데 실패했다고 한다. 탈옥수들을 잡기는 잘 잡았는데, 갈갈이 물어뜯는 바람에 더 이상 경비견으로 쓸 수가 없게 되었다 한다.

2004년에 제작된 <터미네이터 독(원제: Rottweiler)>이란 영화에 보면 탈옥수들을 지키는 로트와일러가 뿜어내는 공포가 잘 그려져 있다. 지금은 사나움을 완화하도록 개량하였다지만, 여전히 그 몸속에는 야수에 가까운 기질이 숨어 있을 법하다. 가정에서 기를 때에는 각별한 주의가 필요하다. 특히 어린 아이들이 있는 집에서는 확실히 개에게 그 서열을 인식시킬 필요가 있다. 주인 앞에서는 참고 있다가 아이만 혼자 있을 때 그 서열을 확인시키려고 아이에게 덤벼들어 사정없이 무는 사고가 종종 일어난다.

그렇다고 백두가 아무 개나 무서워하는 것은 아니었다.

텃밭을 일구고 있는데, 백두가 밭모퉁이에 얌전히 쭈그리고 앉아 있었다. 호미질을 할 수 없으니, 일하는 주인이라도 지켜주려는 모양이었다. 한참 호미로 풀을 뽑으며 밭을 일구는데, 마침 이웃이 개를 데리고 산책을 나왔다. 주먹만한 몰티즈 종의 개는 제 주인을 믿고 마구 짖어대며 나를 향해 물어뜯을 듯이 달려왔다. 그건 거의 털 뭉치 하나가 굴러오는 듯했다. 구부러진 길이어서 그 불운한 털 뭉치는 밭모퉁이에 쭈그리고 앉아 있던 백두를 미처 보지 못했다. 그리고 백두가 제 주인을 향해 달려드는 개를 향해 허공을 날아올랐다. 뒤늦게 사태를 파악한 털 뭉치가 몸을 돌이켜 달아나려 했지만 때는 늦었다.

급히 소리를 쳐 떼어 놓았을 때는 이미 털 뭉치의 등에 두 개의 이빨 자국이 남겨져 있었다. 여주인은 악을 쓰며 백두를 야단치는 한편, 물린 개를 안고 애처로이 발을 굴렀다. 호미를 팽개치고 급히 가축병원으로 내달렸다.

수의사는 깨진 도자기를 살피듯, 개의 상처들을 하나하나

살피며 흥분한 어조로 설명했다.

"이건 사람으로 치자면, 총알을 맞은 것이나 다름없는 중상이지요."

응급 처치보다는 앞으로 필요한 치료의 견적을 뽑기 바쁜 수의사가 말했다. 환자의 현재 상태로는 수술이 필요한데, 읍내의 병원에서는 불가하고 도시의 큰 병원으로 이송해야 한다. 잘 아는 큰 병원이 있는데 미리 수술을 예약해야 한다고 했다.

가해자의 입장으로 머리를 숙인 채 나는 의사의 처치에 따를 수밖에 없었다. 수술이 필요하면 해야 한다는 내게 수의사는 약간 걱정스러운 듯 수술비를 알려주었다. 일차적인 외과 수술에 300만 원이 들고, 그 후 입원을 하여 집중 치료를 하며 경과를 보아야 하겠지만 최소 1주일에서 열흘은 걸릴 것이며 그것은 별도의 비용이 발생하는데, 만약 경과가 좋지 않으면 장애가 생기거나 후유증으로 장기간 치료를 해야 하며, 그 기간은 얼마나 걸릴지 알 수 없다고 했다. 수백만 원의 비용과 또 언제 끝날지 모를 후유증이나 장애의 치료를 감당할 생각에 난감했지만 모든 건 따를 수밖에 없었다. 결정적으로 개는 의료보험이 안 되었다.

그런데 수의사의 이야기를 듣고 있던 피해 개의 주인이 말했다. 오늘 밤에 집에서 낫게 해달라고 하나님께 기도를 해볼 테니 우선 응급 치료를 해달라고 했다.

과연 하나님의 능력은 대단했다. 이튿날, 걱정이 되어 찾아간 이웃은 엄숙한 얼굴로 놀라운 기적을 전해 주었다. 밤새 기도를 하였더니 개의 상태가 좋아져서 밥도 먹고 잘 논다고 했다. 걱정하지 않아도 된다지만 나는 경과가 나빠질지 모르니, 우선 읍내 수의병원에라도 당분간 다니라고 치료비를 목돈으로 전달하고 왔다.

다행히 개는 수술도 없이 하나님의 은혜로 회복이 되어 다시 요란한 목소리로 짖어댔다. 그날 이후로 백두는 목줄에 매어 지내야 했다. 새삼 느꼈다. 이 세상에 안 무는 개는 없다. 다만 상대를 보아가며 물뿐이다. 할렐루야!

백두는 과연 개마고원을 넘나들며 사슴을 잡던 풍산개의 혈통이었다.

그가 생전에 물어 죽인 생명의 내력은 다음과 같다. 집에서 기르던 닭 열두 마리, 거위가 두 마리, 오리가 세 마리, 고슴도치가 한 마리, 억세게 불운한 두더지가 한 마리였다.

적어도 닭장 속으로 뛰어들지는 않았다. 어쩌다가 닭들이 우리 밖으로 뛰쳐나오는 경우가 있다. 이럴 경우, 푸드덕거리며 나는 닭을 쫓아가 무는 게 개의 타고난 본성이었다.

거위는 어쩌다가 개 줄이 풀리며 비극적인 참사를 맞았다. 개의 줄이 풀리는 것은 예측하기 어려운 여러 경우가 있다.

삼손도 묶어 놓을 만큼 굵은 쇠줄이라 해도 그것을 개집에 고정시키는 못이 빠지는 경우이다. 아무리 단단히 박아 놓은 못도 비바람을 맞으며 녹이 슬어 가늘어지면 부러지거나, 제자리에서 뽑히기 쉽다. 그렇지 않더라도 코앞에서 얼쩡거리는 닭이나 거위를 보고 약이 올라 날뛰는 개의 힘을 견디지 못하여 목도리의 쇠고리가 부러지거나, 빠지는 경우가 있다. 특히 중국산 목줄은 신뢰하기가 어렵다. 땅에 깊이 박아 놓은 쇠막대가 뽑히는 경우도 있다. 대형견의 경우 이런 돌발적인 힘이 반복되면 쇠말뚝도 견디지 못한다. 어느 집의 개는 아예 개집을 끌고 가 염소를 물어 죽인 경우도 있다.

밤이 되면 매어 두었던 백두를 풀어 놓았다. 상두와 달리 백두는 밤에 집 주변을 맴돌 뿐 멀리 가지 않았다. 그런데 야심한 시각에 야릇한 소리가 들려왔다. 그건 거의 악마의 울음소리 같았다. 소름 끼치게 하는 비명소리에 놀라 나가 보니, 백두가 무언가를 물어대고 있었다. 손전등을 비추자 회색의 낯선 짐승이 쓰러져 있었다. 그건 온몸이 날카로운 가시로 덮인 고슴도치였다. 그 바늘투성이 고슴도치를 어떻게 잡았을까. 급히 백두를 줄에 매어 두고 와서 살피자 고슴도치는 동그랗게 몸을 만 채 죽어 있었다. 날이 밝아 살펴보니, 고슴도치는 입에 물린 상처가 남아 있었다. 위험을 만나면 밤송이처럼 가시로 둘러싼 몸을 돌돌 마는 고슴도치의 입을 어떻게 물었을까. 얼굴은 고슴도치에게 유일하게 가시가 없는 부분이었다.

이런 참사는 줄로 매어 둔다고 예방되는 건 아니었다.

백두의 집은 밭 가장자리에 있었다. 어느 불운한 두더지가 열심히 땅굴을 파다가 하늘을 보고 싶어 밖으로 나온 곳이 백두의 코앞이었다. 이 불운한 두더지가 어찌 되었는지에 대해서는 말하고 싶지가 않다. 두더지들에게 잠망경이라도 구해 주고 싶다.

# 침묵은 금이다

어디선가 들려오는 닭 울음소리만큼 평화로운 것이 있을까.

번번이 이러저러한 이유로 닭이 개나 족제비, 심지어 매에게 죽임을 당하는 걸 보다 못해 난공불락의 닭장을 짓기로 했다. 밭 위편에 널찍하게 터를 잡고 양철 지붕까지 덮어 호텔급의 닭장을 지었다. 닭들이 층층이 올라가 잠을 잘 수 있는 홰를 놓아 주고, 암탉들이 알을 낳을 보금자리도 칸칸이 여러 개를 만들어 사생활도 보장해 주었다. 닭들이 마음껏 뛰어놀 만한 운동장도 만들고, 통풍이 잘되고 볕도 환하게 들어오라고 전면의 절반을 철망으로 시원하게 트이게 지었다. 겨울이 되면서 찬바람이 들어올까 싶어 철망

부위를 비닐로 막아 주었다.

아침이면 풀어주고, 밤이 되면 알아서 집으로 돌아가는 닭들을 흐뭇한 눈으로 지켜보았다. 그러던 어느 날, 아침이 되어도 닭의 울음소리가 들리지 않았다. 불길한 생각에 나가보자, 닭 호텔은 쑥대밭이 되어 있었다. 여기저기 죽은 닭들이 널려 있는데, 그 수를 헤아려 보니 서너 마리가 모자랐다. 살아남은 닭은 한 마리도 없었다.

전면부의 철망이 사람이 드나들 만큼 구멍이 뻥 뚫려 있었다. 철망은 놀랍게도 힘으로 짓눌려 펴진 것이 아니라 끊어져 있었다. 철사를 꼬아 만든 철망은 구부릴 수는 있어도 끊기는 쉽지 않은 일이었다.

죽은 닭들을 거두어 땅속에 깊이 묻었다. 그리고 닭장을 손보려고 갔다가 전면을 막은 비닐에 선명하게 남은 발톱 자국을 보았다. 사람의 허리께보다 더 높은 데서 두 발로 긁어내린 자국이었다. 어제까지도 없던 자국이었다. 전날 남겨 두고 간 닭들을 찾으러 왔다가 사라진 걸 보고 화가 나서 발톱으로 긁어댄 모양이었다. 정체 모를 짐승이 하루도 아니고, 이틀이나 다녀갔다고 생각하자 기분이 으스스해졌다. 밤새 내린 눈 위에는 수상한 발자국이 찍혀 있었다. 크기가 어른 주먹만 하고, 다섯 개의 발톱이 선명하게 찍힌 국화 문양이었다. 전에 불당골의 노인에게 들었던 이야기가 퍼뜩 머리를 스쳤다.

예전에 불당골에 사는 할머니 한 분이 산에 나물을 뜯으러 갔다가 고양이 새끼를 한 마리 주워 왔다. 그런데 난데없이 호랑이가 마을에 나타나 밤새도록 울부짖고 돌아다녔다. 이를 기이하게 여긴 마을 사람들이 이리저리 연유를 살핀 끝에, 할머니가 주워 온 것이 호랑이 새끼라는 걸 알게 되었다. 허겁지겁 호랑이 새끼를 마당에다 내다 놓으니, 비로소 호랑이 울음소리가 잠잠해지더란다. 또 몇 해 전에 는 마을에서 기르던 개들이 한꺼번에 없어지는 일이 있었다. 며칠 후에 산에 나무를 하러 갔는데 바위 위에 개의 머리들 만 남아 있었다. 호랑이는 제가 잡아먹은 것의 머리는 남겨 놓는 버릇이 있다고 했다.

노인은 그러면서 바로 내가 살던 농가의 뒷산을 가리키며, "저짝으루다가 호랭이가 즘잖게 내려오군 했지"라며 친절 히 안내를 해주었다. 노인이 엊그제 본 것처럼 진지하게 이야기를 하길래, 정말 이곳에 호랑이가 있었냐고 묻자 노인은 태연스레 고개를 끄덕였다.

"요 며칠 전에두 저 아래짝 아주머니댁에 호랭이가 댕겨 간 걸, 뭐."

그러면서 노인은 관절염이 심해 불편하다는 다리를 짚고 일어서서, 호랑이가 며칠 전에 다녀간 외딴집을 기어코 손가락으로 가리켜주었다.

　"아, 호랭이가 밤중에 와 가지구선 창문에다 모래럴 석석 뿌렸다지 뭐야."

　옛날이야기로만 여기던 호랑이가 다시 나타난 것은 그로부터 얼마 지나지 않았을 때였다. 이번에는 막걸리를 마시던 노인이 들려준 이야기가 아니었다. 호랑이를 보았다는 진술은 놀랍게도 당시 초등학교 4학년이던 아들의 입을 통해 나왔다. 집에 놀러 왔던 친구를 배웅하러 나갔던 아이가 숨을 헐떡이며 달려와 호랑이를 보았다고 했다. 아이는 얼룩덜룩한 무늬가 있는 호랑이가 큰 나무에 기어오르려고 앞발을 얹고 울어댔다고 했다. 개를 본 게 아니냐고 물으니, 개보다 훨씬 크고 우는 소리도 달랐다고 했다. 내가 동서양의 온갖 개들 울음소리를 흉내 내보았지만 아이는 계속 고개를 저었다. 그것은 개와 달리 온 천지가 울리는 소리였다고 했다. 그래서 내가 '동물의 왕국'에서 본 호랑이나 사자 울음소리를 내자 약간 비슷하다고 했다. 나는 아이에게 거짓말을 하지 말라며 헤드록을 가하며 약간의 고문을 해보았지만 아이는 끝내 자신의 말을 굽히려 하지 않았다. 그 뒤로 아이가 중학교 이 학년 때, 고등학교 삼 학년 때도 주기적으로 심문해 보았지만, 아이의 대답은 한결같았다.

분명히 제 눈으로 호랑이를 보았다고 했다. 그날의 일을 적은 아이의 일기장에는 이렇게 끝마무리가 되어 있었다.

"호랑이를 보고 놀란 가슴을 육개장라면으로 달랬다."

먼저 살던 동네와는 개울이 가로질러 있지만, 하룻밤에 백 리를 오간다는 호랑이가 마음만 먹는다면 못 다녀갈 이유도 없었다. 그렇다면 하루도 아니고, 이틀이나 호랑이가 다녀가는 동안 백두는 무엇을 하고 있었을까. 닭장을 뜯고 들어가, 푸드덕거리는 닭들을 물어 죽이는 동안, 국화꽃만 한 발자국을 눈 위에 툭툭 찍으며 주변을 어슬렁거리는 동안, 개마고원을 달리며 호랑이를 잡는다는 풍산개 백두는 무얼 하고 있었을까.

닭장이 빤히 마주 보이는 개집에 들어앉은 백두가 그 장면을 보지 못할 리가 없다. 그러나 그런 일이 벌어지던 밤에 개 짖는 소리를 들은 기억이 없다. 개가 짖을 엄두조차 내지 못하고, 죽은 듯이 엎드려 있었다는 건 상대가 족제비나 너구리 정도가 아니라는 것을 말해준다. 그리고 그 정체 모를 짐승이 호랑이라면 …… 나라도 죽은 듯이 엎드려 있었을 것이다.

다시 아들에게 지난 일들에 대해 물었다. 이미 대학생이 된 아들은 여전히 제가 본 것이 개가 아니라 분명히 호랑이였다고 논리적으로 진술했다. 그렇다면 바로 어젯밤에 나타난 것이 바로 그 호랑이라는 말이었다. 나는 온 가족(이라고 해 봐야 내 이야기를 별로 신뢰하지 않는 아내와 자식뿐이지만)을 모아 놓고 "금일 이후로 야간 통행을 금지할 것"과 "비상시의 행동 원칙" 삼 개 조항을 담은 긴급조치령을 발표했다.

호랑이를 만나면 절대 '호랑이다!'라고 소리치지 말 것. 정면으로 바라보지 말고 전혀 못 본 척하고 피할 것. 호랑이를 잡던 풍산개라는 말을 믿고 행여 백두에게 '물어 쉭, 쉭!' 하며 경거망동하지 말 것.

# 봄날에 꽃을 보다

산 중에 외따로 있는 집에도 봄은 찾아왔다. 그즈음의 백두는 외롭게 지냈다. 가까운 곳에 이웃집이 생기고, 그 집의 작은 개를 깨문 사건 이후로 백두는 줄에 묶여 지내야 했다. 이따금 산책을 데리고 나가지만, 어려서부터 온 산을 휘젓고 다닌 백두의 성에 찰리가 없었다.

마침 바깥일이 바쁠 무렵이라 백두와 산책 나가는 것도 줄었다. 마당에 나서면 산책을 가는 줄 알고 경중거리며 기뻐하다가 주인이 자동차에 오르면 낙심천만하던 모습이 눈에 선하다. 어깨를 늘어뜨린 채 개집으로 들어가던 백두의 뒷모습이 오래 기억에 남는다.

백두도 나이를 먹었다.

벚꽃이 만개한 봄날, 우두커니 떨어지는 꽃을 하염없이 바라보곤 했다. 보아주는 이도 없이 활짝 핀 봄꽃들이 백두의 이마와 눈썹 위에 무심히 쌓였다. 나이가 들어가며 백두도 눈에 띄게 수척해졌다. 어쩌다가 산책을 데리고 가면 고갯길을 오르다가 가쁜 숨을 몰아쉬었다. 그리고 잠이 많아졌다. 해가 질 무렵이면 물끄러미 서쪽 하늘을 바라보는 일이 잦아졌다.

그해 겨울에 백두는 떠났다. 모임 차 제주에 가 있던 내게 아내가 소식을 전해 주었다. 손전화로 보내 준 사진 속에는 개집 밖에 누워 있는 백두의 모습이 담겨 있었다. 어려서도 땅 위에 누워 자더니, 그 마지막을 옹색한 개집에서 맞이하고 싶지 않았을 것이다. 개마고원을 바람처럼 내달리던 풍산개의 마지막 모습이었다.

서둘러 집으로 돌아왔다. 벚꽃 나무 아래에 묻어주려 했지만 얼어붙은 땅은 곡괭이로도 파지지 않았다. 겨우내 화목으로 쓰려고 잘라 둔 벚나무 장작들을 쌓아 불을 피웠다. 백두는 벚나무가 일으킨 불이 되었다. 백두의 뼈는 벚나무 밑에 묻었다. 봄이 되어 벚꽃이 필 때면 지는 꽃잎들을 하염없이 바라보던 하얀 개가 생각난다.

이후로 나는 어떤 개도 기르지 않게 되었다.

# 아프리카 버스

초판 1쇄 발행  2022년 6월 28일

지은이   이시백
펴낸이   조기조
펴낸곳   도서출판 b
등  록   2003년 2월 24일(제2006-000054호)
주  소   08772 서울특별시 관악구 난곡로 288 남진빌딩 302호
전  화   02-6293-7070(대) | 팩시밀리  02-6293-8080
이메일   bbooks@naver.com | 홈페이지  b-book.co.kr

I S B N   979-11-89898-75-5   03810
책  값   14,000원